ENSEIGNEMENT SECONDAIRE SPÉCIAL

DOCUMENTS

ET PLAN D'ÉTUDES

On trouve à la même Librairie :

Organisation pédagogique et Plan d'études des écoles primaires publiques, prescrits par arrêté du 27 juillet 1882 ; in-12,   br. 40 cent.

Plan d'études des Lycées et Programmes de l'Enseignement secondaire classique, prescrits par arrêtés ministériels et disposés par ordre de classes ; 1 vol. in-12, composé de deux parties,   br. 1 f. 25 c.

Chaque partie se vend séparément.

— *Première partie, Classes de Lettres* (Nouveaux programmes prescrits par arrêté du 2 août 1880) ; in-12,   br. 75 c.

— *Deuxième partie, Classes supérieures de Sciences et enseignements divers*, conformément aux derniers arrêtés et instructions ; in-12,   br. 75 c.

Plan d'études et Programmes de l'Enseignement secondaire des jeunes filles, prescrits par arrêté du 28 juillet 1882, et disposés par ordre de classes, avec les documents officiels ; in-12,   br. 1 f.

Programme du Baccalauréat de l'Enseignement secondaire spécial, conformément aux décret et arrêté du 28 juillet 1882 ; in-12,   br. 40 c.

Programme des conditions d'admission à l'École normale de Cluny pour l'Enseignement secondaire spécial, prescrit par le ministre de l'instruction publique ; in-12,   br. 20 c.

Programme de l'examen du Baccalauréat ès Lettres, scindé en deux examens, conformément au décret du 19 juin 1880 et aux arrêtés des 19 juin, 2 août et 27 septembre 1880 ; in-12,   br. 30 c.

Programme de l'examen du Baccalauréat ès Sciences complet, prescrit par arrêtés ministériels ; in-12, br. 30 c.

Programme de l'examen du Baccalauréat ès Sciences restreint pour la partie mathématique, prescrit par arrêtés ministériels ; in-12,   br. 30 c.

Programme des examens de la Licence et du Doctorat dans les facultés des lettres, conformément aux documents officiels ; in-12,   br. 30 c.

Programme de l'examen de la Licence ès Sciences, prescrit par arrêté ministériel ; in-12,   br. 60 c.

PLAN D'ÉTUDES

ET

PROGRAMMES

DE

L'ENSEIGNEMENT SECONDAIRE SPÉCIAL

DANS LES LYCÉES ET COLLÈGES

Prescrits par Arrêté du 28 juillet 1882.

PARIS

IMPRIMERIE ET LIBRAIRIE CLASSIQUES

Maison Jules DELALAIN et Fils

DELALAIN FRÈRES, Successeurs

56, RUE DES ÉCOLES.

En publiant le *Nouveau Plan d'Études et les nouveaux Programmes de l'Enseignement secondaire spécial*, que nous avons disposés par ordre de classes, nous les avons fait précéder des principaux documents officiels relatifs à la réorganisation de cet enseignement, et nous avons tâché, par quelques notes et renvois, de faciliter les recherches des renseignements qui peuvent être utiles. — D.

Toute contrefaçon sera poursuivie conformément aux lois ; tous les exemplaires sont revêtus de notre griffe.

Septembre 1882.

DOCUMENTS OFFICIELS

A L'ENSEIGNEMENT SECONDAIRE SPÉCIAL

I. Loi portant organisation de l'Enseignement secondaire spécial (21 juin 1865).

ARTICLE 1er. L'enseignement secondaire spécial comprend :

L'instruction morale et religieuse ;
La langue et la littérature françaises ;
L'histoire et la géographie ;
Les mathématiques appliquées ;
La physique, la mécanique, la chimie, l'histoire naturelle, et leurs applications à l'agriculture et à l'industrie ;
Le dessin linéaire, la comptabilité et la tenue des livres.

Il peut comprendre en outre :

Une ou plusieurs langues vivantes étrangères ;
Des notions usuelles de législation, d'économie industrielle et rurale et d'hygiène ;
Le dessin d'ornement et le dessin d'imitation ;
La musique vocale et la gymnastique [1].

ART. 2. Dans les communes qui en font la demande, les collèges communaux peuvent être organisés en vue de cet enseignement, après avis du conseil académique.

ART. 3. Il est institué un conseil de perfectionnement près de chacun des établissements dépendant du ministère de l'instruction publique où est donné l'enseignement secondaire spécial [2].

---

1. Les premiers programmes, fixés par une décision ministérielle du 6 avril 1866 pour l'application de cet article, ont été modifiés par l'arrêté du 28 juillet 1882. Voir le nouveau *Plan d'Études de l'Enseignement secondaire spécial* à la suite des Documents officiels.
2. L'article 9 du décret du 4 août 1881 (page XIX) remplace le conseil de perfectionnement par un *comité de patronage*.

Art. 4. A la fin des cours, les élèves sont admis à subir, devant un jury dont les membres sont nommés par le ministre de l'instruction publique, un examen à la suite duquel ils obtiennent, s'il y a lieu, un diplôme [1].

Les élèves de l'enseignement libre peuvent se présenter devant le jury et obtenir le même diplôme.

Art. 5. La composition du conseil de perfectionnement, celle des jurys et les conditions d'examen sont réglées par des arrêtés délibérés en Conseil supérieur de l'instruction publique.

Art. 6. Le diplôme de bachelier peut être suppléé, pour l'ouverture d'un établissement libre d'enseignement secondaire spécial, par un brevet de capacité, à la suite d'un examen dont les programmes sont réglés par des arrêtés délibérés en Conseil supérieur de l'instruction publique.

Nul n'est admis à subir cet examen avant l'âge de dix-huit ans.

La condition de stage prescrite par l'article 60 de la loi du 15 mars 1850 n'est pas exigible.

Art. 7. Les établissements libres jouissent, pour l'enseignement secondaire spécial, du bénéfice de l'article 69 de la loi du 15 mars 1850 [2].

Art. 8. Les dispositions de la présente loi ne font pas obstacle à ce que les chefs ou directeurs d'établissements d'instruction primaire, fondés en exécution de la loi du 28 juin 1833 sur l'instruction primaire, et de celle du 15 mars 1850 sur l'enseignement, continuent à donner l'instruction primaire, prévue par ces deux lois.

Art. 9. A dater de la promulgation de la présente loi, l'enseignement primaire peut comprendre, outre les matières déterminées par le paragraphe 2 de l'article 23 de la loi du

----

1. L'article 6 du décret du 4 août 1881 (page XIX) a substitué au diplôme de fin d'études le diplôme de bachelier de l'enseignement secondaire spécial.

2. Voici le texte de cet article :

« Les établissements libres peuvent obtenir des communes, des départements ou de l'État un local et une subvention, sans que cette subvention puisse excéder le dixième des dépenses annuelles de l'établissement.

« Les conseils académiques sont appelés à donner leur avis préalable sur l'opportunité de ces subventions.

« Sur la demande des communes, les bâtiments compris dans l'attribution générale faite à l'Université par le décret du 11 décembre 1808 pourront être affectés à ces établissements par décret du pouvoir exécutif. »

15 mars 1850 [1], le dessin d'ornement, le dessin d'imitation. les langues vivantes étrangères, la tenue des livres et des éléments de géométrie.

1. L'article 23 de la loi du 15 mars 1850 a été abrogé par l'article 1er de la loi du 28 mars 1882, qui détermine ainsi les matières de l'enseignement primaire :

« Article 1er. — L'enseignement primaire comprend :

« L'instruction morale et civique ;

« La lecture et l'écriture ;

« La langue et les éléments de la littérature française ;

« La géographie, particulièrement celle de la France ;

« L'histoire, particulièrement celle de la France jusqu'à nos jours ;

Quelques notions usuelles de droit et d'économie politique ;

« Les éléments des sciences naturelles, physiques et mathématiques ; leurs applications à l'agriculture, à l'hygiène, aux arts industriels, travaux manuels et usage des outils des principaux métiers ;

« Les éléments du dessin, du modelage et de la musique ;

La gymnastique ;

Pour les garçons, les exercices militaires ;

Pour les filles, les travaux à l'aiguille. »

II. Rapport présenté au Conseil supérieur de l'instruction publique au nom de la commission de l'Enseignement secondaire spécial par M. G. Morel, rapporteur[1].

Messieurs, les réformes nécessaires que vous avez votées l'an dernier dans l'ordre de l'enseignement secondaire étaient, vous le saviez d'avance, incomplètes. Sans doute, les programmes classiques ont été remaniés par vous de façon à s'accommoder mieux aux besoins de la société moderne. Mais une question connexe, la réorganisation de l'enseignement spécial, a été réservée tout entière, et ce n'est pas la moins grave qu'il vous reste à traiter.

Elle intéresse, en effet, une partie considérable de notre population scolaire, qui n'a ni l'ambition, ni le loisir de suivre jusqu'au bout les études patientes et délicates d'où sortent les lettrés et les érudits, qui n'aspire point aux professions dites libérales, mais qui peut, à sa manière, dans les carrières qui lui ouvrent l'agriculture, l'industrie et le commerce, servir et honorer le pays.

Ce n'est pas de nos jours seulement, messieurs, qu'on a cherché à utiliser ces forces diverses ; et, comme l'a si bien montré M. le vice-recteur de Paris dans son rapport au conseil académique, un ministre dont l'université n'oublie pas l'activité et le dévouement, M. Duruy, ne faisait que reprendre une tradition vraiment française et placée sous le patronage des meilleurs esprits, quand, à travers des difficultés de toute sorte, il constituait l'enseignement spécial par la loi du 21 juin 1865[2]. Vous savez assez pourquoi cette création n'a pas donné tous les résultats espérés.

Aujourd'hui que les préjugés ou les dédains qui ont accueilli cet enseignement à sa naissance ne sont plus de saison, et qu'un budget, d'année en année plus généreux, permet de le doter comme il convient, le moment est venu de le relever et de le ranimer, de reviser ses programmes, de le recruter dans des conditions plus favorables, de l'établir enfin, à côté de l'enseignement classique, dans le rang auquel il a droit. M. le ministre de l'instruction publique vient, du reste, de gagner sa cause devant le parlement.

---

1. Cette commission était composée de : MM. Berthelot, *président ;* Paul Bert, Beudant, Bréal, Carriot, Dubief, Egger, Ferraz, Fustel de Coulanges, Gavarret, Gréard, Haraucourt, Huschard, Jacquier, Lagoguey, Lespiault, Manuel, Melouzay, Morel, Vintéjoux, Voigt, Zévort.

2. Voir le texte de cette loi, page v.

Notre tâche, messieurs, consistait donc non pas à fonder, mais à améliorer. Nous avions sous les yeux le travail consciencieux d'une commission préparatoire dont, sur la prière de M. le ministre, M. Duruy avait accepté la présidence. Cette commission[1], dont je n'ai pas à faire l'éloge, (a consacré vingt-trois séances à l'examen des questions qui vous sont soumises. Nous avons ajourné, jusqu'à plus ample informé, certaines innovations qu'elle proposait, par exemple la création de licences propres à l'enseignement spécial; nous ne pouvions mieux faire que de nous éclairer de ses avis et de suivre l'ordre de ses délibérations.

I.

Le projet de décret joint au présent rapport[2] vous donnant le détail des dispositions adoptées par nous, je me contenterai de marquer à grands traits l'esprit de nos travaux. Le système jusqu'ici en vigueur était celui des « cercles concentriques », c'est-à-dire que les élèves pouvaient quitter le collège à la fin de telle ou telle classe, en emportant avec eux, selon la durée de la scolarité, un bagage de connaissances plus ou moins élémentaires, mais qui formaient à la rigueur une façon d'encyclopédie. Nous avons pensé, avec la commission préparatoire, que ce principe était peu favorable à la saine éducation de l'esprit; que les plus impatients ne pouvaient acquérir ainsi qu'une initiation superficielle et précipitée aux études scientifiques et littéraires, tandis que les autres, — on peut s'en convaincre en considérant l'ensemble des anciens programmes, — étaient condamnés à des revisions perpétuelles, absorbantes et stériles. Nous vous proposons donc, pour obvier à ces inconvénients, et pour empêcher surtout les désertions fâcheuses que ce système facilitait et semblait encourager, une répartition nouvelle, comprenant, outre un cours élémentaire dont les programmes seront les mêmes que ceux de la division correspondante de l'enseignement classique, deux séries d'études graduées et méthodiques, en d'autres termes, un cours moyen et un cours supérieur, l'un de trois, l'autre de deux années. Le premier suffirait aux élèves qui veulent entrer le plus tôt possible dans les carrières auxquelles conduit naturellement l'enseignement spécial; le second recevrait ceux qui désirent pousser plus avant leurs études et aborder,

---

1. Elle était composée de : MM. Duruy, *président* ; Bréal, Burat, Faye, Focillon, Garsonnet, Gavarret, Gréard, Lemonnier, Marguerin, Marion, Mermet, Morel, Paquier, Philippon, Zévort.
2. Voir, page xviii, le texte du décret adopté par le Conseil.

a.

après une préparation plus sérieuse, toutes les professions pour lesquelles la connaissance du latin n'est pas exigée.

De plus, une année préparatoire sera instituée, soit pour mettre les enfants venant de l'enseignement primaire au niveau de leurs camarades sortant de la division élémentaire classique, soit, dans le cas où ces derniers n'auraient pas subi l'épreuve finale, pour combler les lacunes de leur instruction, sans les contraindre à redoubler leur classe. Les élèves n'y seront admis qu'après un examen dont le programme sera fixé ultérieurement, mais doit en principe comprendre, à la réserve des langues vivantes, les matières enseignées dans la classe préparatoire et les classes de huitième et septième. Les élèves de septième qui auront subi l'examen de fin d'année seront autorisés à entrer directement dans le cours moyen, votre commission ayant jugé qu'il n'y avait pas lieu, en les obligeant à une épreuve supplémentaire, de leur rendre le passage dans l'enseignement spécial plus difficile que la continuation des études classiques.

Enfin, comme il peut se faire que des élèves n'appartenant pas à l'enseignement classique aient cependant dépassé le niveau du certificat d'études primaires, nous avons, pour tout prévoir, adopté la résolution suivante :

« Pour être admis dans l'enseignement spécial, on devra subir un examen. Selon le degré d'instruction et d'aptitude constaté par cet examen, les élèves seront admis soit dans l'année préparatoire, soit dans la première année du cours moyen. Toutefois, les élèves de septième qui auront satisfait à l'examen de passage seront admis de droit dans le cours moyen. »

II.

La nature de l'enseignement qui sera donné dans le cours moyen et dans le cours supérieur est déterminée par les programmes dont vous allez entendre la lecture. Vous y remarquerez la part prépondérante faite à la langue française, surtout dans les premières années.

Les professeurs de sciences ont été aussi empressés que leurs collègues de lettres à réclamer cette mesure, dans l'intérêt même du développement intellectuel de l'enfant. Ceux qui ont proposé ces programmes et ceux qui les ont revus obéissaient à la même pensée et cherchaient la solution du même problème : d'une part, conserver à l'enseignement spécial son caractère propre et sa direction normale, en n'oubliant pas à quelle catégorie d'élèves il s'adresse, quels besoins il doit servir, quelles aptitudes il entend favoriser ; de l'autre, combler, dans la mesure du possible, la

distance qui le sépare à présent de l'enseignement classique,
et non seulement munir les élèves de notions pratiques et
immédiatement utiles, mais aussi leur donner un peu de
cette culture désintéressée et supérieure qui est le but et
l'honneur de l'enseignement secondaire; enfin, s'ils n'ont
pas le privilége d'étudier directement l'antiquité grecque et
latine, du moins la leur faire connaître par son histoire et
ses principaux monuments littéraires, autant qu'il est nécessaire aux honnêtes gens d'un pays tel que le nôtre. C'est
dans ce sens, messieurs, que doivent être interprétés nos
programmes ; et si, malgré les réductions opérées, ils vous
paraissent encore quelque peu vastes et étendus, réfléchissez
que nous n'avons pas voulu y entasser des faits, des dates,
des noms propres, mais plutôt y indiquer les grandes questions auxquelles nul ne doit rester étranger, c'est-à-dire la
marche de la civilisation ancienne et moderne, le progrès de
l'esprit humain.

Malgré l'avis de plusieurs conseils académiques et le succès de certaines expériences récentes, l'étude du latin a été
exclue du cours supérieur. Il est, en effet, impossible d'arri-
ver, en deux années, à une connaissance appréciable de cette
langue : c'est ce que prouve assez la faiblesse des candidats
au baccalauréat ès sciences qui n'ont point passé par la sé-
rie régulière des études. D'ailleurs, ne serait-ce pas fausser
essentiellement et ruiner l'enseignement spécial lui-même,
que de le présenter, au prix d'une surcharge accablante de
ses programmes, comme un simple expédient qui permît de
gagner hâtivement et par surprise un diplôme quelconque?
Ne vaut-il pas mieux le constituer comme un organisme in-
dépendant, qui se suffise à lui-même, et montrer que ses
études, bien conçues et bien suivies, peuvent, parallèlement
aux études classiques, nourrir et fortifier les intelligences?

Toutefois, pour ne gêner aucune vocation, même tardive,
l'administration supérieure est invitée à instituer exception-
nellement des conférences ou des répétitions de latin en fa-
veur des élèves, distingués par leurs aptitudes, qui lui se-
raient signalés comme des candidats sérieux aux grandes
écoles de l'État, et qui, grâce à ce secours, pourraient arri-
ver au baccalauréat ès sciences.

III.

Chacun des deux cours aura pour sanction soit un certificat, soit un diplôme spécial. Le premier, qui sera pour les
uns le seul titre auquel ils prétendent, pour les autres la
condition même de leur passage dans le cours supérieur,
sera délivré, conformément à l'article 4 de la loi du 21 juin

1865, par une commission que nommera le ministre ; elle siégera au chef-lieu du département, et non de l'académie ; car il importe d'épargner aux candidats des déplacements onéreux ; de plus, elle sera composée en majorité de professeurs de l'enseignement secondaire, qui seront comme les guides et les régulateurs naturels de l'examen.

Le diplôme final ne devant être recherché que par l'élite de nos élèves, les candidats, nécessairement moins nombreux, pourront être appelés à en subir les épreuves au chef-lieu de l'académie. Ce diplôme prendra le nom de baccalauréat de l'enseignement spécial. Cette résolution, messieurs, n'a pas été adoptée sans débat. Quelques-uns de nos collègues voulaient qu'on réservât ce titre aux diplômes de l'enseignement classique, autant par égard pour une tradition consacrée que pour récompenser par un privilège légitime des études plus longues et plus difficiles. Le baccalauréat, disaient-ils, constate au moins la connaissance de l'antiquité latine, dont nous sommes les héritiers les plus directs, qui a marqué d'une empreinte si forte notre langue et notre civilisation ; c'est là un élément de supériorité intellectuelle, et il n'est que juste de la caractériser par un signe à part. Prodiguer le diplôme, c'est le déprécier, c'est en même temps lui enlever, par une confusion regrettable, le sens précis qu'on lui attribuait. D'autre part, le nouvel enseignement n'ayant pas fait ses preuves, est-il à propos de lui accorder prématurément une sanction qu'il n'a pas encore méritée ? L'enseignement classique enfin ne sera-t-il pas délaissé, si l'on voit qu'un chemin plus court et plus commode conduit au même but ? Ces scrupules sincères, messieurs, ces craintes convaincues, ont été combattus avec autorité et avec succès par des hommes dévoués autant que personne aux études classiques. Ils ont montré qu'il convenait de donner le titre de bachelier à tous ceux qui auraient fait des études sérieuses, quelle qu'en fût la matière ; qu'à défaut du grec et du latin, les programmes scientifiques et littéraires de la quatrième et de la cinquième années étaient assez complexes et assez riches pour former des esprits cultivés et solides ; que cette éducation valait bien, en somme, la teinture classique superficielle que donne au plus grand nombre des bacheliers ès sciences le latin mal appris ; que le seul moyen de relever un enseignement si digne d'intérêt, c'était de placer au sommet de ses études un diplôme considéré ; qu'enfin, si la séduction de ce titre est telle qu'il attire vers l'enseignement spécial une bonne part du contingent classique, les humanités seront ainsi allégées de tous ceux qui actuellement s'y attardent et s'y traînent sans aptitudes et sans résultats. Ces raisons, messieurs, ont déter-

miné la majorité de votre commission, qui, par onze voix
contre quatre, a adopté le baccalauréat de l'enseignement
secondaire spécial.

Maintenant, quels avantages doit-on attacher à ces diplômes nouveaux? Il nous a paru, messieurs, que ce n'était
pas à nous, mais à l'autorité législative qu'il appartenait de
le décider. Quand les administrations publiques, quand les
écoles du gouvernement sauront ce qu'ils signifient et ce
qu'ils valent, elles pourront à leur gré, maîtresses de leurs
programmes d'admission, ouvrir ou fermer leurs portes à
nos candidats. Pour nous, notre seule tâche et notre seule
espérance est de former des hommes utiles; une fois que
nous y aurons réussi, on viendra bien nous les demander.
Souvenons-nous d'ailleurs que l'enseignement spécial pré-
pare, par définition en quelque sorte, à des professions qui
n'ont point d'attache officielle, et qu'à tout prendre il n'y a
pas lieu de stimuler le zèle des familles à faire de leurs enfants des fonctionnaires, lorsque tant de libres débouchés
s'offrent à leur industrie et à leur intelligence.

IV.

Nos lycées et nos collèges recevant des élèves pris dans
les mêmes classes de la société, nous ne vous proposons pas,
pour ces deux genres d'établissements, des programmes différents. La distinction s'opère d'elle-même et par la force
des choses, c'est-à-dire, que, d'après toutes les vraisem-
blances, on ne pourra organiser dans les collèges que le
cours élémentaire et le cours moyen, tandis que le cours
supérieur trouvera seulement dans les lycées, en ce qui concerne le personnel et l'installation, les ressources sans lesquelles il ne saurait exister.

Mais le régime actuel est-il propice au développement de
l'enseignement spécial? Celui-ci doit-il être soumis, avec le
classique, à une seule et même direction? Si nous voulons
qu'il vive au lieu de végéter, n'est-il pas logique de lui
donner des écoles indépendantes, ses *Realschulen*, à côté de
nos gymnases?

Votre commission, messieurs, considérant qu'il faut des
aptitudes particulières pour diriger avec compétence cet
ordre d'études, et même pour s'y intéresser et s'y dévouer,
mais comprenant d'ailleurs qu'on ne peut demander en ce
moment la création de lycées et de collèges d'enseignement
spécial sur toute l'étendue du territoire, a voulu tout au
moins consacrer formellement un principe : à savoir qu'il
nous faut des établissements ayant leur autonomie et qui

soient comme les types de l'enseignement que nous organisons. Elle sait que, récemment encore, plusieurs villes ont fait des dépenses considérables pour installer des lycées mixtes où sont donnés parallèlement les deux enseignements, et n'entend pas, d'un trait de plume, les contraindre à de nouveaux sacrifices. Mais d'autres se déclarent prêtes à cet effort monétaire; nous n'avons qu'à les encourager et à les remercier. Ces établissements nécessaires, dus à une initiative intelligente, ne peuvent que prospérer, et la ville de Paris, pour ne citer qu'elle, a donné un exemple qu'il faut souhaiter de voir imité. Le vœu que nous avons formulé, et que vous trouverez à la fin de ce rapport, me dispense d'insister. Nous vous recommandons, messieurs, celui qui le suit et le complète. En effet, si les ressources matérielles nous manquent pour atteindre d'un coup le but rêvé, on peut, dès à présent, s'en rapprocher en instituant dans chaque lycée ou collège une direction spéciale pour un enseignement qui a besoin d'être représenté, et, à l'occasion, défendu.

Ne nous empressons pas de prévoir les jalousies et les conflits. Il ne s'agit pas ici de forger un rouage administratif de plus, qui complique et contrarie le mécanisme déjà existant. Ce surveillant ou directeur serait choisi parmi les fonctionnaires déjà attachés à l'établissement. S'il se trouvait, par son titre hiérarchique, le subordonné du proviseur, du censeur, du principal, il n'aurait d'autre prérogative que de siéger à côté d'eux, au-dessous d'eux, dans le conseil. Mais il serait responsable des études et de la discipline des élèves qu'on lui confierait : il serait, de ce chef, un intermédiaire naturel et obligé entre les familles et l'administration; il saurait ce qui se fait et ce qu'il faut faire; il pourrait répondre avec précision sur tout ce qui concerne cet ordre d'enseignement, qu'on a trop considéré jusqu'ici comme un organe accessoire de nos établissements secondaires. Peut-être d'ailleurs est-ce là le moyen de donner quelque autorité à toute une classe de fonctionnaires qui, souvent, n'ont pu acquérir les grades nécessaires pour l'enseignement classique, et de qui, dans cette situation nouvelle, nous pourrions attendre d'utiles services.

V.

A côté des conseils administratifs, les assemblées de professeurs, instituées par le ministère de M. Jules Simon en 1872[1], bientôt supprimées, et qu'une circulaire longtemps

1. Voir la Circulaire du 27 septembre 1872 (*Recueil des Lois et Actes de l'Instruction publique*, Année 1872, page 341).

espérée va enfin nous rendre[1], veilleront aussi sur la fortune de leur enseignement et discuteront librement, sous la présidence du chef de l'établissement, les questions qui les intéressent. Ces assemblées, non pas convoquées capricieusement, mais tenues régulièrement à des dates fixes, rédigeront des procès-verbaux qui, adressés aux recteurs, seront comme les cahiers de l'enseignement spécial.

Enfin, nous substituons aux conseils de perfectionnement, dont jusqu'ici les attributions ont été mal définies, et l'action peu efficace, des comités de patronage, composés en majorité d'agriculteurs et d'industriels; à l'exemple des directeurs de nos grandes écoles professionnelles, ils seront en relations constantes avec le commerce et l'industrie de la région, et pourront recommander et placer nos élèves. On comprend du reste que ce rôle ne saurait être imposé à un proviseur ou à un principal, pour qui la surveillance des études classiques, avec le souci de l'administration, est déjà une tâche assez lourde : et pourtant le succès de l'enseignement spécial est à ce prix.

Pour maintenir le niveau des études, nous comptons sur les examens de passage ; pour entretenir l'activité des maîtres, sur l'inspection générale. Comme le nombre des cours littéraires et scientifiques est déjà trop considérable pour que le personnel actuel y suffise, et qu'un contrôle plus vigilant et plus suivi est nécessaire, nous exprimons le vœu qu'il soit créé deux emplois d'inspecteurs généraux, et souhaitons que les ressources budgétaires viennent en aide, le plus tôt possible, au bon vouloir de l'administration.

VI.

Ce n'est pas tout de réorganiser les classes ; il faut assurer le recrutement des maîtres. Pour des causes diverses, qu'il serait trop long d'énumérer, l'école normale de Cluny, malgré tout ce qu'on a fait pour elle, est aujourd'hui peu florissante. Peut-être conviendrait-il de la déplacer ; mais cela est plus désirable que facile. Sans examiner présentement cette éventualité, il est évident qu'en dehors de la préparation que quelques aspirants au professorat peuvent trouver dans les facultés, une école pédagogique est indispensable pour le perfectionnement des méthodes, le maintien des bonnes traditions, l'unité de l'enseignement. Vous aurez plus tard à rédiger les programmes d'admission à cette école. En tout cas, vous pouvez déjà décider qu'à

1. Voir la Circulaire du 13 octobre 1881 (*Recueil des Lois et Actes de l'Instruction publique*, Année 1881, page 942).

partir de 1883 on exigera des candidats, au lieu du brevet
supérieur, le diplôme de bachelier ; cette mesure relèvera
le niveau des examens. Leur faiblesse progressive doit être
sans doute attribuée à la facilité des commissions départementales, chargées de conférer les bourses votées par les
conseils généraux, et fonctionnant isolément, sans direction
suffisante et sans contrôle sérieux. Remplacer les commissions départementales par un jury central, siégeant à Paris
dans les mêmes conditions que celui de l'École normale supérieure, nous paraît être le seul moyen de sauver cette école,
jadis plus prospère. et qui peut, qui doit encore nous donner
des maîtres dignes de ce nom.

VII.

Il me reste à vous donner lecture des vœux que nous sou-
mettons à votre approbation pour mieux préciser quelques
points importants.

1° Le Conseil, considérant qu'il y a lieu de créer aussitôt
que possible des établissements modèles d'enseignement
secondaire spécial, exprime le vœu qu'un établissement
distinct d'enseignement secondaire spécial soit créé dans
toute ville dont la population dépasse le chiffre de 100 000
habitants (Adopté à l'unanimité).

2° Dans les établissements où l'enseignement secondaire
spécial existe à côté de l'enseignement classique. un des
fonctionnaires représentera devant le chef de l'établissement
les intérêts de l'enseignement secondaire spécial (Adopté par
11 voix contre 7).

3° Il sera créé, près de chaque établissement d'enseignement secondaire spécial, un comité de patronage, composé
du maire, président, du chef de l'établissement et de cinq
membres choisis parmi les ingénieurs et les notables commerçants, industriels et agriculteurs (A l'unanimité).

4° En raison de l'extension que prendra nécessairement
l'enseignement secondaire spécial, il sera créé deux emplois
nouveaux d'inspecteurs généraux, l'un pour les lettres,
l'autre pour les sciences (A l'unanimité).

VIII.

J'espère, messieurs, vous avoir résumé exactement les
travaux de votre commission. Ceux qui la composaient sont,
à très peu d'exceptions près, les représentants de l'enseignement classique, et vous ne les soupçonnerez pas d'avoir, en

cette circonstance, oublié ce qu'ils lui devaient ; mais, comme on l'a dit justement, ils en ont la religion, non la superstition. Depuis longtemps ils ont suivi avec attention le mouvement qui porte vers d'autres études les deux cinquièmes de nos élèves, et qui ne peut manquer de se prononcer encore davantage ; ils ont étudié les expériences concluantes faites à l'étranger et veulent les tourner au bien du pays, en développant et en fortifiant chez nous cet enseignement qui, placé dès la première heure dans des conditions au moins difficiles, plutôt toléré qu'admis dans nos collèges, a prouvé par sa résistance même sa vitalité. Aussi, malgré les divergences de détail, ils ont été guidés par une pensée commune et animés des mêmes sympathies ; et, s'il leur est permis, sans se dissimuler qu'ils n'ont pu tout approfondir, de parler avec quelque confiance du résultat de leurs efforts, ils estiment que le Conseil supérieur, en votant les résolutions proposées, témoignera une fois de plus de sa sollicitude éclairée pour les grands intérêts de l'éducation nationale.

III. Décret réorganisant l'Enseignement secondaire spécial [1] (4 août 1881).

ARTICLE 1er. L'enseignement secondaire spécial comprend :

1° Un cours élémentaire de trois années, dont les programmes sont les mêmes que ceux du cours élémentaire classique du nouveau plan d'études adopté par le Conseil supérieur le 2 août 1880 [2] ;

2° Un cours moyen de trois années et un cours supérieur de deux années, dont les programmes seront soumis au Conseil supérieur de l'instruction publique [3].

Un cours préparatoire, destiné à faciliter l'accès du cours moyen aux élèves de l'enseignement primaire, pourra être institué dans tous les établissements publics d'enseignement. Parmi les matières de ce cours figureront nécessairement les matières de l'enseignement élémentaire qui ne sont pas comprises dans le programme de l'enseignement primaire élémentaire [4].

ART. 2. À l'entrée de chaque année d'études, tout élève devra subir un examen de passage ou d'admission. Les élèves qui auront satisfait à cet examen, après la troisième année du cours élémentaire, seront admis de droit au cours moyen. L'obtention du certificat d'études défini à l'article 4 dispensera de l'examen d'entrée au cours supérieur.

ART. 3. Tout en conservant un caractère essentiellement pratique, l'enseignement spécial embrassera, dans les établissements publics, l'ensemble des connaissances générales énumérées à l'article 1er de la loi du 21 juin 1865 [5] et indispensables à ceux qui veulent suivre les professions industrielles, commerciales et agricoles. Des exercices de travail manuel pourront y être institués, par décision ministérielle, en dehors des cours normaux.

ART. 4. Un certificat d'études pourra être obtenu à la fin

1. Voir le rapport de M. G. Morel, page VIII.
2. Voir ces programmes dans le *Plan d'Études de l'Enseignement secondaire classique, Première partie, Classes des Lettres*, publié par la librairie Delalain.
3. Ces programmes ont été fixés par arrêté du 28 juillet 1882. Voir le texte des programmes du Cours moyen, pages 8 à 43, et ceux du Cours supérieur, pages 44 à 70.
4. Voir, pages 3 à 7, les programmes du Cours préparatoire.
5. Voir cet article, page V.

de la troisième année du cours moyen[1]. L'examen portera sur les matières de ce cours. La délivrance de ce certificat est confiée à une commission nommée par le ministre et siégeant au chef-lieu de chacun des départements.

Les élèves de l'enseignement libre peuvent se présenter devant ce jury et obtenir le certificat d'études qui vient d'être défini.

Le programme des examens sera arrêté par le Conseil supérieur.

ART. 5. Le jury pour la délivrance du certificat d'études sera composé de l'inspecteur d'académie, président, et de six membres appartenant ou ayant appartenu à l'enseignement secondaire, public ou libre.

ART. 6. Il est institué un diplôme de bachelier de l'enseignement secondaire spécial.

Un règlement d'administration publique déterminera, après avis du Conseil supérieur, la forme et la matière de l'examen, ainsi que la composition du jury[2].

Ce diplôme remplacera le diplôme de fin d'études spécifié à l'article 4 de la loi du 21 juin 1865[3].

ART. 7. La limite d'âge pour obtenir le diplôme de bachelier de l'enseignement secondaire spécial sera la même que pour l'obtention du diplôme de bachelier ès sciences[4].

ART. 8. Les lycées et collèges d'enseignement spécial pourront être de plein exercice ou de demi-exercice. Ils comprendront, dans le premier cas, l'enseignement complet, et dans le second, les cours élémentaire et moyen.

ART. 9. Il sera créé près de chaque établissement d'enseignement spécial un comité de patronage, composé du maire, président, du chef de l'établissement et de cinq membres choisis parmi les ingénieurs, les notables commerçants, industriels et agriculteurs.

ART. 10. Autant que possible, et à mesure que les ressources financières le permettront, les établissements publics d'enseignement secondaire spécial auront une existence propre, et seront distincts des lycées et collèges classiques.

1. Voir, page XXI, l'arrêté du 28 juillet 1882, qui détermine les conditions de l'examen pour l'obtention de ce certificat d'études.
2. Voir, page XXVII, le décret du 28 juillet 1882, relatif au Baccalauréat de l'Enseignement secondaire spécial; et page XXX, l'arrêté de même date, portant règlement pour les examens de ce Baccalauréat
3. Voir cet article, page VI.
4. Voir, page XXIX, le décret du 18 août 1882, qui a fixé cette limite d'âge.

IV. Arrêté déterminant les matières des examens d'admission aux Cours de l'Enseignement secondaire spécial (28 juillet 1882).

Les examens d'admission aux cours d'enseignement secondaire spécial, prévus par l'article 2 du décret du 4 août 1881[1] porteront :

Pour l'*Année préparatoire*, sur les matières comprises dans le *Cours moyen de l'Enseignement primaire obligatoire* ;

Pour la *Première année* du cours normal, sur les matières enseignées dans la *Classe de Septième* (Plan d'études de l'Enseignement secondaire classique) ;

Pour la *Deuxième*, la *Troisième*, la *Quatrième* et la *Cinquième* années, sur les matières comprises dans le programme de l'Enseignement secondaire spécial pour la *Première*, la *Deuxième*, la *Troisième* et la *Quatrième* années.

---

1. Voir cet article, page XVIII.

V. Arrêté portant règlement pour l'examen du Certificat d'études de l'Enseignement secondaire spécial (28 juillet 1882).

Article 1er Les jurys nommés par le ministre[1] procèdent chaque année, au chef-lieu de chaque département, aux examens du *Certificat d'études de l'Enseignement secondaire spécial.*

La session a lieu à la fin de l'année scolaire.

Nul examen isolé ou collectif ne peut avoir lieu en dehors de l'époque ci-dessus déterminée.

Art. 2. Tout candidat au Certificat d'études de l'Enseignement secondaire spécial doit déposer ou faire déposer, dans les délais fixés par l'article 3 ci-après, au bureau de l'inspecteur d'académie du chef-lieu du département où il a l'intention de subir l'examen, les pièces suivantes :

Son acte de naissance ;

Une demande conforme à la formule annexée au présent arrêté[2], écrite en entier de la main du candidat, signée de ses nom et prénoms, et, s'il est mineur, visée par le père ou tuteur qui autorise la demande.

Le candidat doit en outre, au moment de son inscription, désigner la langue vivante sur laquelle il désire être interrogé.

Art. 3. Le registre d'inscription est ouvert vingt jours et clos cinq jours avant le commencement de la session.

Il est clos à six heures du soir, au jour indiqué ci-dessus comme terme de l'inscription légale.

Art. 4. Tout candidat régulièrement inscrit doit être examiné dans la session pour laquelle il s'est fait inscrire.

Art. 5. Chaque candidat, immédiatement avant de subir les épreuves, écrit et signe en présence du secrétaire, sur un registre spécial visé et parafé par le président du jury, une déclaration conforme au modèle annexé au présent arrêté[3]. Le secrétaire vérifie l'identité de la signature et de l'écriture, en les confrontant avec celles de la demande adressée au recteur.

Les candidats sont prévenus individuellement des suites

1. Voir, pour la composition de ces jurys, l'article 5 du décret du 4 août 1881, page XIX.
2. Voir les formules nᵒˢ 1, 2 et 3, pages XXV et XXVI.
3. Voir la formule nᵒ 4, page XXV.

que pourraient avoir pour eux, d'après les lois et d'après les règlements universitaires, les fausses signatures apposées sur ces actes, ainsi que toute autre fraude.

ART. 6. Les épreuves sont les unes écrites, les autres orales.

ART. 7. Les épreuves écrites comprennent :

1° Une composition sur une question de mathématiques et sur une question de sciences physiques et naturelles ;

2° Une composition française sur un sujet de littérature, de morale ou d'histoire, emprunté aux programmes de la troisième année[1] ;

(Pour cette composition, l'usage de tout livre et dictionnaire est interdit.)

3° Un thème de langue vivante (allemand ou anglais) ;

4° Un dessin soit linéaire, soit d'imitation, au choix du candidat.

ART. 8. Les épreuves orales consistent en explications d'auteurs et en interrogations.

Les explications portent sur les textes des auteurs français prescrits pour la classe de la 3e année de l'Enseignement secondaire spécial[2], et sur les textes désignés dans la même classe pour l'enseignement des langues vivantes[3].

Les interrogations pour les sciences portent sur les matières des sciences mathématiques, physiques, chimiques et naturelles, et de comptabilité, enseignées dans les trois années[4]. Les interrogations, pour la partie littéraire et historique, portent sur les matières enseignées dans la troisième année[5].

ART. 9. La composition de sciences et celle de langues vivantes ont lieu le même jour, à trois heures d'intervalle.

La composition française et la composition de dessin ont lieu le lendemain dans les mêmes conditions.

Trois heures sont accordées pour les compositions de sciences et de littérature française ; deux heures pour celles de langues vivantes et de dessin.

1. Voir ces programmes, pages 30, 31 et 33.
2. Voir la liste de ces textes, pages 30-31.
3. Voir les textes du Cours moyen de langues vivantes dans les Programme des Langues vivantes pour l'Enseignement secondaire spécial, page 11.
4. Voir ces divers programmes : Mathématiques, pages 13, 23 et 37 ; — Physique, pages 15, 25 et 38 ; — Chimie, pages 26 et 39 ; — Histoire naturelle, pages 16, 27 et 41 ; — Comptabilité, pages 17, 27 et 42.
5. Voir ces divers programmes : Langue et Littérature française, page 30 ; — Histoire, page 33 ; — Géographie, page 35.

Les sujets et les textes sont choisis par le jury.

A Paris et dans les académies d'Aix, de Bordeaux, de Montpellier et de Toulouse, le candidat peut, sur sa demande, subir les épreuves de langues vivantes sur l'italien et sur l'espagnol.

Les candidats qui subiront leur examen en Algérie pourront demander que l'épreuve relative aux langues vivantes porte sur la langue arabe.

ART. 10. Les candidats, pour les épreuves écrites, sont placés sous la surveillance d'un des membres du jury.

Ils ne peuvent avoir aucune communication au dehors ou entre eux, sous peine d'exclusion, et il n'est laissé à leur disposition que les lexiques autorisés.

ART. 11. La durée des épreuves orales est de trois quarts d'heure pour chaque candidat.

ART. 12. Les diverses épreuves du Certificat d'études de l'Enseignement secondaire spécial donnent lieu à des suffrages qui sont distribués de la manière suivante :

Épreuves écrites.

	Nombre des Suffrages.
Composition de sciences.	2
Composition française	2
Dessin.	1
Langues vivantes	1
	6

Épreuves orales.

Sciences mathématiques et comptabilité .	2
Sciences physiques et naturelles. . . .	2
Littérature et morale	2
Interrogations sur l'histoire et la géographie	1
Interrogations sur une langue vivante. .	1
	8

ART. 13. Les suffrages sont exprimés par des chiffres correspondant aux mentions suivantes :

0.	Nul.
1.	Mal.
2.	Passable.
3.	Assez bien.
4.	Bien.
5.	Très bien.

Le certificat d'aptitude est délivré aux candidats avec une de ces trois notes : *assez bien, bien, très bien.*

ART. 14. — L'ajournement est prononcé avant l'épreuve orale si la note *mal*, attribuée par le jury à l'une des compositions écrites, n'est pas compensée par deux notes *assez bien* ou un *bien* pour les autres compositions, ou si le candidat n'a pas obtenu douze points.

La nullité absolue d'une épreuve entraîne l'ajournement.

ART. 15. Le candidat ajourné ne peut se représenter dans le cours de la même session.

A l'examen oral, l'ajournement est également prononcé lorsque, sur le nombre total des suffrages, le candidat a eu deux notes *mal*, ou lorsqu'il n'a pas obtenu seize points.

ART. 16. Soit à l'épreuve écrite, soit à l'épreuve orale, l'ajournement ne peut être prononcé qu'en vertu d'une délibération du jury.

ART. 17. Le président du jury, s'il découvre quelque fraude, est tenu de porter immédiatement les faits à la connaissance du recteur et d'en faire l'objet d'un rapport spécial.

Le recteur prononce l'exclusion.

ART. 18. Les certificats d'aptitude, avec les pièces déposées par les candidats, sont transmis au recteur pour recevoir son visa. Le président du jury lui adresse en même temps le procès-verbal de chaque séance, signé de tous les juges, et un rapport sur l'ensemble des examens et sur la force relative des épreuves ; il y joint les compositions faites par chaque candidat, corrigées et annotées par les membres du jury.

ART. 19. Si le recteur estime qu'il y a défaut de forme dans la réception des candidats, il refuse son visa aux certificats d'aptitude, et fait connaître au ministre les motifs de son refus en lui transmettant les certificats délivrés par le jury.

ART. 20. Les diplômes sont conférés par le ministre dans la forme établie.

ART. 21. Lorsqu'un élève, possédant le Certificat d'études de l'Enseignement secondaire spécial, aura subi avec succès l'examen de passage de *quatrième* en *cinquième* année, ce résultat fera l'objet d'une mention supplémentaire ajoutée audit certificat par le recteur.

Modèles annexés à l'arrêté du 28 juillet 1882.

(Certificat d'études de l'Enseignement secondaire spécial.)

N° 1.

Modèle de demande d'admission à l'examen pour les candidats mineurs.

Je soussigné (*nom et prénoms*), né à....., département de....., (*jour, mois, année*), présente à M. le recteur de l'académie de....., conformément au règlement du 28 juillet 1882 et en vertu de l'autorisation ci-jointe de M...... (*père, mère, oncle, frère aîné, tuteur*), la demande d'être admis aux épreuves du *Certificat d'études de l'Enseignement secondaire spécial* devant le jury du département de......

A......, le...... 18...

(*Signature du candidat*).

Cette signature doit être légalisée par l'autorité municipale.

N° 2.

Modèle d'autorisation du père de famille, du tuteur, etc.

Je soussigné (*nom et prénoms*), domicilié dans la commune de....., département de....., déclare autoriser mon (*fils, neveu, frère, pupille*), d'après la demande ci-dessus écrite et signée par lui, à se présenter aux épreuves du *Certificat d'études de l'Enseignement secondaire spécial* devant le jury du département de......

A......, le...... 18...

(*Signature du père, ou de la mère, ou de l'oncle, ou du frère aîné, ou du tuteur*).

Cette signature doit être légalisée par l'autorité municipale.

N° 3.

Modèle de demande d'admission à l'examen pour les candidats majeurs.

Je soussigné (*nom et prénoms*), né à....., département de....., le (*jour, mois, année*), domicilié à....., département de....., présente à M. le recteur de l'académie de....., conformément au règlement du 28 juillet 1882, la demande d'être admis aux épreuves du *Certificat d'études de l'Enseignement secondaire spécial* devant le jury du département de....., en vertu de l'extrait de mon acte de naissance, que je dépose en ses mains, et qui atteste que je suis majeur; ladite demande écrite et signée par-devant M. le maire de la commune de....., où je réside.

A......, le...... 18...

((*Signature du candidat*).

Cette signature doit être légalisée par l'autorité municipale.

N° 4.

Modèle de la formule à transcrire par le candidat majeur ou mineur sur le registre du jury avant l'examen.

Je soussigné (*nom et prénoms*), né à....., département de....., le (*jour, mois et année*), déclare me présenter aujourd'hui (*jour, mois et année*), en vertu des pièces produites par-devant M. le recteur de l'académie de....., aux épreuves du *Certificat d'études de l'Enseignement secondaire spécial*, devant le jury du département de......

A...... le...... 18...

(*Signature du candidat.*)

b.

VI. Décret relatif au Baccalauréat de l'Enseignement secondaire spécial (28 juillet 1882).

ARTICLE 1er. Le jury, pour le jugement des épreuves du Baccalauréat de l'Enseignement secondaire spécial, est composé de cinq membres désignés par le ministre, sur la proposition du recteur ; il comprend :

Un professeur de faculté (sciences ou lettres), président ;

Quatre professeurs ou anciens professeurs de l'enseignement classique des lycées, pourvus de l'agrégation et choisis, deux dans l'enseignement littéraire, deux dans l'enseignement scientifique.

Les anciens professeurs agrégés de l'enseignement secondaire spécial peuvent également faire partie de ce jury.

Il peut, en outre, être adjoint à la commission, sur la proposition du recteur de l'académie, un examinateur pour les épreuves relatives aux langues vivantes.

Le jury est nommé pour trois ans. Ses membres peuvent être renommés.

ART. 2. Les épreuves sont les unes écrites, les autres orales.

ART. 3. Les épreuves écrites comprennent :

1° Une composition de mathématiques ;

2° Une composition sur une question de sciences physiques et sur une question de sciences naturelles ;

3° Une composition française (pour cette composition, l'usage de tout livre et dictionnaire est interdit) ;

4° Un thème de langue vivante (allemand ou anglais). A partir de la session de juillet-août 1884, ce thème sera fait sans dictionnaire, à l'aide de lexiques ou vocabulaires mis à la disposition des candidats par les facultés.

La composition de langue vivante peut, sur la demande du candidat, être un thème italien ou espagnol, à Paris et dans les académies d'Aix, de Bordeaux, de Montpellier et de Toulouse.

Les candidats qui subissent leur examen en Algérie peuvent demander que l'épreuve de langue vivante porte sur la langue arabe.

Les compositions, corrigées chacune par un membre du jury, sont jugées par le jury tout entier, qui décide quels sont les candidats admis à subir les épreuves orales.

ART. 4. Les épreuves orales consistent en explications d'auteurs et en interrogations.

Les explications portent sur les textes des auteurs français prescrits dans les lycées pour les classes de quatrième et de cinquième année de l'enseignement secondaire spécial[1], et sur les textes désignés dans la troisième année pour l'enseignement des langues vivantes[2].

Les interrogations portent sur les matières de littérature, de morale, d'histoire, de géographie, de sciences mathématiques, physiques, chimiques et naturelles, de comptabilité, de législation et d'économie politique, comprises dans le cours d'enseignement spécial[3].

ART. 5. Toutes les parties de l'examen sont obligatoires.

Soit à l'épreuve écrite, soit à l'épreuve orale, l'ajournement ne peut être prononcé qu'en vertu d'une délibération du jury.

ART. 6. Tout candidat ayant satisfait à l'épreuve de langues vivantes peut demander à subir l'examen sur une des autres langues vivantes inscrites à l'article 3. En cas de succès, mention est faite sur le diplôme de cette partie facultative.

ART. 7. Tout candidat qui, sans excuse jugée valable par le jury, ne répond pas à l'appel de son nom le jour qui lui a été indiqué, est renvoyé à une autre session et perd le montant des droits d'examen qu'il a consignés.

ART. 8. Les candidats pourvus du Baccalauréat de l'Enseignement secondaire spécial sont admis à se présenter aux examens des licences ès sciences.

Le Baccalauréat de l'Enseignement secondaire spécial est équivalent au baccalauréat ès sciences restreint pour les études médicales.

ART. 9. Les dispositions du présent décret seront applicables à partir de la session de juillet-août 1883.

1. Voir ces textes, pages 45 et 58.

2. Voir, page 45, le programme du Cours supérieur pour l'Enseignement des Langues vivantes dans les établissements d'Enseignement secondaire spécial.

3. Voir ces programmes : Littérature, pages 8, 20, 30, 44 et 57 ; — Morale, pages 31 et 58 ; — Histoire et Géographie, pages 12-13, 21-22, 33-35, 46 et 60 ; — Sciences mathématiques, pages 13, 23, 37, 49 et 62 ; — Sciences physiques, pages 15, 25, 38, 51 et 65 ; — Sciences chimiques, pages 26, 39, 52 et 66 ; — Sciences naturelles, pages 16, 27, 41, 54 et 68 ; — Comptabilité, pages 17, 27, 42 et 69 ; — Législation et économie politique, pages 48 et 61.

VII. Décret fixant la condition d'âge et les droits à percevoir pour le Baccalauréat de l'Enseignement secondaire spécial (18 août 1882).

Art. 1er. Nul ne peut, sauf le cas de dispense, se présenter à l'examen du Baccalauréat de l'Enseignement secondaire spécial, s'il n'est âgé de 16 ans accomplis.

Art. 2. Les droits à percevoir par le Trésor, pour le Baccalauréat de l'Enseignement secondaire spécial, sont fixés ainsi qu'il suit :

Examen.	60 fr.
Diplôme.	40
Total. . .	100 fr.

Lorsque le candidat est ajourné, il lui est remboursé la somme de 40 francs sur les 100 francs qu'il a consignés.

VIII. Arrêté portant règlement pour l'examen du Baccalauréat de l'Enseignement secondaire spécial (28 juillet 1882).

TITRE Ier. — *Sessions d'examen.*

ARTICLE 1er. Les jurys nommés par le ministre [1] procèdent chaque année en deux sessions, au chef-lieu de chaque académie, aux examens du Baccalauréat de l'Enseignement secondaire spécial.

Les examens sont publics.

Les sessions ont lieu, la première à la fin, la seconde au commencement de l'année scolaire.

Nul examen isolé ou collectif ne peut avoir lieu en dehors des époques ci-dessus déterminées.

TITRE II. — *Conditions d'admissibilité à l'examen.*

ART. 2. Tout candidat au Baccalauréat de l'Enseignement secondaire spécial doit déposer ou faire déposer, dans les délais fixés par l'article 3 ci-après, au secrétariat de la faculté des sciences où il a l'intention de subir l'examen, les pièces suivantes :

L'acte de naissance, dûment légalisé et constatant qu'il est âgé de seize ans au moins [2] ;

Une demande conforme à la formule annexée au présent arrêté, écrite en entier de la main du candidat, signée de ses nom et prénoms, et, s'il est mineur, visée par le père ou le tuteur qui autorise la demande [3].

Le candidat doit en outre, au moment de son inscription, désigner la langue vivante sur laquelle il désire être interrogé.

ART. 3. Le registre d'inscription est ouvert vingt jours et clos cinq jours avant le commencement de la session.

Il est clos à six heures du soir, au jour indiqué ci-dessus, comme terme de l'inscription légale.

ART. 4. Tout candidat régulièrement inscrit doit être examiné dans la session pour laquelle il s'est fait inscrire.

---

1. Conformément à l'article 1er du décret du 28 juillet 1882, page XXVII.

2. Conformément à l'article 1er du décret du 18 août 1882, page XXIX.

3. Voir les formules nos 1, 2 et 3, pages XXXIV et XXXV.

Art. 5. Le secrétaire de la faculté des sciences, après avoir pris préalablement les ordres du président du jury et avoir reçu la consignation des droits à acquitter[1], indique à chaque candidat le jour où il doit subir l'examen.

Art. 6. Chaque candidat, immédiatement avant de subir les épreuves, écrit et signe, en présence du secrétaire, sur un registre spécial visé et parafé par le président du jury, une déclaration conforme au modèle annexé au présent arrêté[2]. Le secrétaire vérifie l'identité de la signature et de l'écriture en les confrontant avec celle de la demande adressée au recteur.

Les candidats sont prévenus individuellement des suites que pourraient avoir pour eux, d'après les lois et d'après les règlements universitaires, les fausses signatures apposées sur ces actes, ainsi que toute autre fraude.

Titre III. — *Forme des examens.*

Art. 7. Lorsque le nombre des candidats l'exige, plusieurs jurys siègent simultanément.

Art. 8. La composition de mathématiques et celle de sciences physiques et naturelles ont lieu le même jour, à trois heures d'intervalle.

La composition française et l'épreuve écrite sur les langues vivantes ont lieu le lendemain, dans les mêmes conditions.

Trois heures sont accordées pour chacune des compositions.

Les sujets et les textes sont choisis par le président du jury.

Art. 9. Vingt candidats au plus peuvent subir simultanément l'épreuve écrite; ils sont placés sous la surveillance constante d'un des membres du jury, qui parafe chacune des compositions.

Ils ne peuvent avoir aucune communication au dehors ou entre eux, sous peine d'exclusion.

Art. 10. Il est remis aux candidats, pour écrire leurs compositions, des feuilles à tête imprimée analogues à celles en usage pour les autres baccalauréats.

1. Pour les droits à acquitter, voir l'article 2 du décret du 18 août 1882, page XXIX.
2. Voir la formule n° 4, page XXXVI.

ART. 11. La durée des épreuves orales est d'une heure pour chaque candidat.

ART. 12. Les diverses épreuves du Baccalauréat de l'Enseignement secondaire spécial donnent lieu à des suffrages, qui sont distribués de la manière suivante :

Épreuves écrites.

	Nombre des Suffrages
Composition de mathématiques.	1
Composition de sciences physiques et naturelles.	1
Composition française	2
Thème de langue vivante	1
Total.	5

Épreuves orales.

Sciences mathématiques et comptabilité.	2
Sciences physiques et naturelles.	2
Littérature et morale.	1
Interrogations sur une langue vivante.	1
Interrogations sur l'histoire et la géographie	1
Législation et économie politique.	1
Total.	8

ART. 13. Les suffrages sont exprimés par des chiffres correspondant aux mentions suivantes :

0	Nul.
1	Mal.
2	Passable.
3	Assez bien.
4	Bien.
5	Très bien.

Le certificat d'aptitude est délivré aux candidats avec une de ces quatre notes : *passable, assez bien, bien, très bien*, résultant de l'ensemble de l'examen.

La mention *passable* est attribuée aux candidats admis malgré une ou deux notes *mal* ou avec toutes notes *passable;*

La mention *assez bien*, à ceux qui n'auraient pas de note *mal* et une ou plusieurs notes supérieures à *passable;*

La mention *bien*, à ceux qui n'auraient pas de note *mal* et une majorité de notes supérieures à *passable;*

La mention *très bien*, à ceux qui n'auraient pas de note *mal* et une majorité de notes *bien* ou *très bien*.

Malgré une note *mal*, mais par délibération spéciale du jury, la mention *assez bien*, *bien* ou *très bien* peut être accordée à un candidat.

ART. 14. L'ajournement est prononcé avant l'épreuve orale, si le candidat n'a pas obtenu dix points, ou si la note *mal*, attribuée par le jury à l'une des compositions écrites, n'est pas compensée par un *bien* ou deux *assez bien*.

A l'examen oral, l'ajournement est également prononcé lorsque le candidat n'a pas obtenu seize points, ou lorsque, sur le nombre total des suffrages, il a eu deux notes *mal*.

La note *nul*, soit dans les épreuves écrites, soit dans les épreuves orales, entraîne l'ajournement.

ART. 15. Le candidat ajourné ne peut se représenter dans le cours de la même session.

TITRE IV. — *Police des examens.*

ART. 16. Le secrétaire de la faculté des sciences tient les registres des procès-verbaux.

ART. 17. Le président du jury, s'il découvre quelque fraude, est tenu de porter immédiatement les faits à la connaissance du recteur et d'en faire l'objet d'un rapport spécial.

Le recteur défère sans délai les délinquants au ministre de l'instruction publique, qui renvoie, s'il y a lieu, l'affaire devant le conseil académique du ressort où les épreuves ont été subies. Le conseil, après avoir entendu ou dûment appelé les délinquants, peut prononcer, outre la nullité de l'examen entaché de fraude, la peine de l'exclusion de toutes les facultés à temps ou à toujours. La décision peut être déférée au Conseil supérieur.

ART. 18. Les certificats d'aptitude, avec les pièces déposées par les candidats, sont transmis au recteur pour recevoir son visa. Le président du jury lui adresse en même temps le procès-verbal de chaque séance, signé de tous les juges, et un rapport sur l'ensemble des examens et sur la force relative des épreuves ; il y joint les compositions faites par chaque candidat, corrigées et annotées par les membres du jury.

Art. 19. Si le recteur estime qu'il y a défaut de forme dans la réception des candidats, il refuse son visa aux certificats d'aptitude et fait connaître au ministre les motifs de son refus, en lui transmettant les certificats délivrés par le jury.

Titre V. — *Délivrance des diplômes.*

Art. 20. Les diplômes sont conférés par le ministre dans la forme établie.

Art. 21. Nul diplôme n'est remis à l'impétrant qu'après que celui-ci a apposé sa signature tant sur l'acte même que sur le registre spécial qui sert à constater la remise du diplôme ou sur un récépissé qui doit être annexé à ce registre.

Tout diplôme qui ne porte pas la signature de l'impétrant et celle du fonctionnaire qui a fait la remise de l'acte est considéré comme sans valeur.

Modèles annexés à l'arrêté du 28 juillet 1882.

(Baccalauréat de l'Enseignement secondaire spécial.)

N° 1.

Modèle de demande d'admission à l'examen pour les candidats mineurs.

Je soussigné (*nom et prénoms*), né à...., département de...., le (*jour, mois, année*), présente à M. le recteur de l'académie de...., conformément au règlement du 28 juillet 1882 et en vertu de l'autorisation ci-jointe de M. .... (*père, mère, oncle, frère aîné, tuteur*), la demande d'être admis aux épreuves du *Baccalauréat de l'Enseignement secondaire spécial* devant la faculté des sciences de ....

A ...., le .... 18 .

(*Signature du candidat.*)

Cette signature doit être légalisée par l'autorité municipale.

N° 2.

Modèle de l'autorisation du père de famille, du tuteur, etc.

Je soussigné (*nom et prénoms*), domicilié dans la commune de ..., département de ..., déclare autoriser mon (*fils, neveu, frère, pupille*), d'après la demande ci-dessus écrite et signée par lui, à se présenter aux épreuves du *Baccalauréat de l'Enseignement secondaire spécial* devant la faculté des sciences de ....

A ...., le .... 18 .

> (*Signature du père, ou de la mère, ou de l'oncle ou du frère aîné, ou du tuteur.*)

Cette signature doit être légalisée par l'autorité municipale.

N° 3.

Modèle de demande d'admission à l'examen pour les candidats majeurs.

Je soussigné (*nom et prénoms*), né à ...., département de ..., le (*jour, mois, année*), domicilié à ...., département de ..., présente à M. le recteur de l'académie de ..., conformément au règlement du 28 juillet 1882, la demande d'être admis aux épreuves du *Baccalauréat de l'Enseignement secondaire spécial* devant la faculté des sciences de ...., en vertu de l'extrait de mon acte de naissance, que je dépose en ses mains, et qui atteste que je suis majeur; ladite demande écrite et signée par-devant M. le maire de la commune de ...., où je réside.

A ...., le .... 18 .

> (*Signature du candidat.*)

Cette signature doit être légalisée par l'autorité municipale.

N° 4.

*Modèle de la formule à transcrire par le candidat majeur
ou mineur sur le registre de la faculté avant l'examen.*

Je soussigné (*nom et prénoms*), né à ...., département de
...., le (*jour, mois et année*), déclare me présenter aujour-
d'hui (*jour, mois et année*), en vertu des pièces produites
par-devant M. le recteur de l'académie de ...., aux épreuves
du *Baccalauréat de l'Enseignement secondaire spécial* devant
la faculté des sciences de ....

A ...., le ...., 18   .

(*Signature du candidat.*)

TABLE DES DOCUMENTS OFFICIELS.

NOUVEAU PLAN D'ÉTUDES

ET

PROGRAMMES

DE

L'ENSEIGNEMENT SECONDAIRE SPÉCIAL

Prescrits par Arrêté du 28 juillet 1882.

L'Enseignement secondaire spécial renferme trois cycles. Au *premier cycle* correspondent : d'une part les trois années du Cours élémentaire de l'Enseignement secondaire classique, d'autre part l'Année préparatoire de l'Enseignement secondaire spécial, instituée pour les élèves de l'Enseignement primaire. Le *second cycle* comprend le Cours moyen de l'Enseignement secondaire spécial, divisé en trois années. Le *troisième cycle* comprend le Cours supérieur, divisé en deux années qui représentent les quatrième et cinquième années du Cours général. Un certificat d'études peut être délivré à la fin du second cycle ; les études du troisième cycle ont pour sanction le diplôme du Baccalauréat de l'Enseignement secondaire spécial. — D.

1.

COURS OU ANNÉE PRÉPARATOIRE.

Une Année.

(ÉLÈVES DE 10 A 11 ANS EN MOYENNE.)

L'examen d'admission au Cours préparatoire *porte sur les matières comprises dans le* Cours moyen *de* l'Enseignement primaire obligatoire[1].

Répartition de l'Enseignement de l'Année préparatoire[2].

					Programmes.
Français	8 heures de classe par semaine.			Page	4
Langues vivantes.	6	»	»		5
Histoire et Géographie.	3	»	»		5
Mathématiques.	2	»	»		5
Physique.	1	»	»		6
Histoire naturelle	1	»	»		6

Total : 21 heures.

En dehors des heures de classe[3] : { Calligraphie. 2 heures. » / Dessin. 4 — 6

1. Voir ces matières, pages 21 à 25, dans *l'Organisation pédagogique des écoles primaires publiques*, publiée par la librairie Delalain.

2. Aux termes du décret du 4 août 1881, article 1er, le *Cours préparatoire*, qui ne dure qu'*une année*, est destiné à faciliter l'accès du *Cours moyen* de l'Enseignement secondaire spécial aux élèves de l'Enseignement primaire. Il remplace les trois années du *Cours élémentaire* que suivent les élèves placés dans les établissements d'Enseignement secondaire classique.

D'après le rapport présenté par M. G. Morel, au Conseil supérieur de l'Instruction publique, l'année préparatoire est également instituée pour les élèves sortant du Cours élémentaire de l'Enseignement secondaire classique, qui n'auraient pas subi l'épreuve finale, afin de combler les lacunes de leur instruction sans les contraindre à redoubler leur classe.

3. L'enseignement de la Gymnastique et des exercices militaires étant obligatoire, les élèves de l'Enseignement secondaire spécial le reçoivent, pendant toute la durée de leurs études, dans les mêmes conditions et suivant les mêmes programmes que les élèves de l'Enseignement secondaire classique. Voir les programmes de la Gymnastique et des Exercices militaires dans le *Plan d'études de l'Enseignement secondaire classique, Seconde partie, Classes de Sciences et Enseignements divers*, publié par la librairie Delalain.

PROGRAMMES.

GRAMMAIRE ET LANGUE FRANÇAISES.

(Huit heures par semaine.)

Lecture et écriture.

Explication et récitation d'auteurs français (prose et vers).

Grammaire française.
Exercices de langue française et d'orthographe [1].

Analyse grammaticale.

Exercices sur le vocabulaire [2].

Reproduction libre, de vive voix et par écrit, de morceaux faciles lus en classe.

Recueil de morceaux choisis de prosateurs et de poëtes, *à l'usage de l'enseignement spécial*.
Fables de La Fontaine (les plus simples).
Fables de Florian et d'autres fabulistes français.

1. Dans le cours préparatoire, comme dans les deux années suivantes, les règles seront surtout enseignées par l'usage. Le professeur ne manquera aucune occasion de faire constater aux enfants qu'ils sont déjà en possession des différentes sortes de mots, et qu'ils appliquent instinctivement les règles de la grammaire. Il rattachera donc constamment son enseignement aux exemples fournis par le langage parlé ou écrit.

2. Voici quelques modèles d'exercices sur le vocabulaire et la construction : distinguer les noms, les adjectifs, les verbes, etc., employés dans des phrases écrites au tableau ou figurant dans un texte. — Changer dans une narration le temps des verbes; en changer la personne. — Trouver un nombre déterminé de noms, d'adjectifs, de verbes, se rapportant à un ordre d'idées donné. — Ajouter des conjonctions dans un texte où elles ont été omises. — Contraires d'adjectifs donnés; même exercice sur les noms abstraits qui leur correspondent.

LANGUES VIVANTES.

(Six heures par semaine).

Le programme des Langues vivantes du Cours préparatoire doit correspondre au programme prescrit pour
l'enseignement des Langues vivantes dans les trois
classes du Cours élémentaire de l'Enseignement secondaire classique[1]. Il comprend les exercices de langue
usuelle à propos de lectures faites en classe, les éléments de la grammaire, l'explication et la récitation
d'auteurs élémentaires, des exercices de lecture et de
conversation.

HISTOIRE ET GÉOGRAPHIE.

(Trois heures par semaine.)

Le Cours préparatoire a pour but de compléter l'instruction des enfants qui sortent de l'enseignement
primaire. Le programme est indiqué par la différence
qui existe entre les programmes d'histoire et de géographie du *Cours moyen de l'Enseignement primaire*[2] et
ceux du *Cours élémentaire de l'Enseignement secondaire
classique*[3].

MATHÉMATIQUES.

(Deux heures par semaine).

L'enseignement mathématique du Cours préparatoire
comprend le calcul ; le programme en est établi d'après
la différence qui existe entre les programmes du *Cours
moyen de l'Enseignement primaire*[2] et ceux du *Cours
élémentaire de l'Enseignement secondaire classique*[4].

1. Voir *Plan d'Études de l'Enseignement secondaire classique,
Classes de Lettres*, pages 8, 13 et 21. (Librairie Delalain.
2. Voir les programmes du *Cours moyen de l'Enseignement
primaire*, pages 21 à 25, dans l'*Organisation pédagogique des
écoles primaires publiques.*
3. Voir *Plan d'Études de l'Enseignement secondaire classique,
Classes de Lettres*, pages 9-10, 15-16, 22-23.
4. Voir *Plan d'Études de l'Enseignement secondaire classique,
Classes de Lettres*, pages 14, 16, 24.

PHYSIQUE.

(Une heure par semaine.)

Le programme est établi d'après la différence qui existe entre les programmes des sciences physiques du *Cours moyen de l'Enseignement primaire*[1] et ceux du *Cours élémentaire de l'Enseignement secondaire classique.*[2]

HISTOIRE NATURELLE.

(Une heure par semaine.)

Le programme est établi d'après la différence qui existe entre les programmes des sciences naturelles du *Cours moyen de l'Enseignement primaire*[1] et ceux du *Cours élémentaire de l'Enseignement secondaire classique*[3].

DESSIN.

(Quatre heures en dehors des classes.)

N° 1. — Dessin à main levée.

Nota. — On admet que les élèves de l'année préparatoire, soit qu'ils aient passé par les classes primaires, soit qu'ils aient suivi le cours de dessin de la Classe de Septième de l'Enseignement classique, ont été exercés sur les premiers éléments du dessin.

§ 1er. Principes élémentaires du dessin d'ornement. — Circonférences. — Polygones réguliers. — Rosaces étoilées.

§ 2. Courbes régulières autres que la circonférence. — Courbes elliptiques. — Spirales, etc.

Courbes empruntées aux éléments du règne végétal, tiges, feuilles, fleurs.

1. Voir *Organisation pédagogique des écoles primaires publiques*, pages 21 à 25.
2. Voir *Plan d'Études de l'Enseignement secondaire classique, Classes de Lettres*, page 25.
3. Voir *Plan d'Études de l'Enseignement secondaire classique, Classes de Lettres*, pages 17 et 24.

§ 3. Premières notions sur la représentation des objets dans leurs dimensions vraies (éléments du dessin géométral) et sur la représentation de ces objets dans leur apparence (éléments de la perspective).

Nota. — Les exercices de cette partie du programme seront limités à la représentation, sans les ombres, des principaux solides géométriques : le cube, le prisme, le cylindre, la pyramide, le cône.

N° 1 *bis.* — Dessin géométrique.

§ 1er. Emploi des instruments pour le tracé de lignes droites et des circonférences. — Emploi de la règle, des compas, de l'équerre et du rapporteur.

§ 2. Exécution, avec les instruments, de dessins géométriques dans lesquels n'entreront que des lignes droites, et reproduisant des motifs simples de décoration de surfaces planes. — Carrelages, vitraux, parquetage, lavis à l'encre de Chine et à la couleur de quelques-uns de ces dessins.

EXAMEN DE PASSAGE [1].

L'examen de passage pour l'admission au second cycle de l'Enseignement secondaire spécial ou Cours moyen, porte :

1° Pour les élèves, sortant du Cours élémentaire de l'Enseignement secondaire classique, sur les matières enseignées dans la *Classe de Septième* [2] ; les élèves de la Classe de Septième, qui ont subi l'examen de fin d'année avec succès, sont autorisés à entrer directement dans le Cours moyen de l'Enseignement secondaire spécial;

2° Pour les élèves, sortant du Cours préparatoire de l'Enseignement secondaire spécial, sur les matières de ce cours.

Le programme des connaissances à constater est, en résumé, le même pour les uns et pour les autres.

1. Les examens de passage, qui sont des examens oraux, sont subis : par les élèves appartenant déjà à l'établissement, devant le professeur de la classe qu'ils ont suivie pendant l'année ; par les élèves nouveaux qui entrent dans l'établissement, devant le professeur de la classe où ils demandent à être admis.

2. Voir ces matières dans le *Plan d'Études de l'Enseignement secondaire classique, Classes de Lettres*, pages 20-26.

COURS MOYEN

Trois Années.

PREMIÈRE ANNÉE.

(ÉLÈVES DE 11 A 12 ANS EN MOYENNE.)

Répartition de l'Enseignement.

			Programmes.
Français.	7 heures de classe par semaine.	Page	8
Langues vivantes	4	»	9
Histoire	2	»	12
Géographie	1	»	13
Mathématiques.	4	»	13
Physique.	2	»	15
Histoire naturelle	1	»	16
Comptabilité.	1	»	17

Total :   22 heures de classe.

En dehors des heures de classe : { Calligraphie. 2 heures.

{ Dessin. . . . 4 heures.   18

PROGRAMMES

GRAMMAIRE ET LANGUE FRANÇAISES.

(Sept heures par semaine.)

Lecture.

Explication et récitation d'auteurs français (prose et vers).

Grammaire française.

Continuation des exercices d'analyse grammaticale ; principes d'analyse logique.

Suite des exercices sur le vocabulaire [1].

---

1. Formation des mots ; mots simples, dérivés, composés, synonymes, homonymes, etc. Groupement des mots par familles, par analogie de sens, par ordre de matières (les arts, les métiers, le commerce, l'industrie, l'agriculture, etc.); exercices oraux et écrits appropriés à cette étude.

Exercices sur la construction[1].

Reproduction libre, de vive voix ou par écrit, de morceaux lus en classe.

Compositions très simples et sur des sujets familiers aux élèves.

Recueil de morceaux choisis de prosateurs et de poètes, *à l'usage de l'enseignement spécial.*

Fénelon, *Télémaque* (les livres v, vii, x et xii des éditions en 18 livres).

Buffon, *Morceaux choisis.*

Boileau, *les principales satires.*

LANGUES VIVANTES[2].

(Quatre heures par semaine.)

Les élèves auront la liberté de choisir entre l'allemand, l'anglais, l'italien, l'espagnol ou l'arabe; ces trois derniers enseignements ne devant être donnés qu'à Paris ou dans les régions où ils seront estimés le plus nécessaires.

On instituera, au lieu de classes, des cours où les élèves seront admis et maintenus non d'après leur âge, mais d'après leur degré d'instruction. Néanmoins des élèves appartenant à des cycles différents ne pourront être réunis.

L'enseignement sera réparti en trois cours (*élémentaire, moyen, supérieur*), avec faculté pour les élèves de redoubler, suivant le résultat des examens de passage, l'une ou l'autre de ces trois années normales. Ainsi, ceux qui quitteraient le collège après le cycle moyen auraient suivi des études méthodiques et complètes pour l'une ou l'autre des cinq langues obligatoires; et ceux qui s'engageraient dans le cycle supérieur pourraient consacrer les deux années disponibles, soit à apprendre

---

1. Décomposer une période en ses différentes parties; assembler, sans rien omettre, un certain nombre de propositions en une seule phrase, etc.

2. Le programme des langues vivantes pour l'enseignement secondaire spécial étant général, nous le reproduisons ici en entier.

une langue vivante de plus, soit à acquérir une pratique plus parfaite de celle qu'ils auraient commencée.

Chacun de ces cours aura son caractère propre. Dans le premier, on apprendra aux élèves l'anglais, l'allemand, l'italien, l'espagnol ou l'arabe par l'oreille autant que par les yeux, au moyen d'exercices pratiques, oraux et écrits, où l'on s'efforcera de leur faciliter la connaissance du vocabulaire et d'assurer l'exactitude de la prononciation ; où la grammaire interviendra dans une mesure que détermineront l'expérience et le tact pédagogique du maître. Le deuxième cours aura pour objet l'étude méthodique de la grammaire, vérifiée par des devoirs écrits, notamment par des thèmes, sans que pour cela on interrompe jamais la pratique orale de la langue usuelle. Le troisième donnera une large place à l'explication et au commentaire des textes et initiera les élèves à la composition.

Programmes pour l'Anglais et l'Allemand[1].

Premier cours. (Élémentaire.)

Exercices oraux et écrits. — Insister sur l'accent tonique. Lecture à haute voix. Conversations. Petits récits appris par cœur. Acquisition, par la pratique, du vocabulaire usuel. Traduction instantanée de phrases faciles. Éléments de grammaire : les premiers paradigmes.

Auteurs anglais.

Morceaux choisis[2].
East, *Amusing rhymes.*
Contes choisis de miss Edgeworth.
Day, *Sandford and Merton.*
Aikin et Barbauld, *Evenings at home.*
Thomas Day, *Little Jack.*

---

1. Pour l'enseignement de l'espagnol, de l'italien et de l'arabe, les professeurs s'inspireront de ce programme.
2. Dans les morceaux choisis à l'usage des trois cours figureront, à côté de morceaux remarquables par leur valeur littéraire, de nombreux extraits d'ouvrages particulièrement utiles à de futurs agriculteurs, industriels ou commerçants, sur le plan de : Lüben et Nacke, Lesebuch für Bürgerschulen, 3e, 4e, 5e et 6° parties. (Leipzig, Brandstetter.)

Auteurs allemands.

Morceaux choisis [1].
Fables de Lessing.
Niebuhr, *Geschichten aus der Griechischen Heldenzeit.*
Krummacher, *Parabeln.*
Schmid, *Erzählungen.*

Deuxième cours. (Moyen.)

Continuation des exercices de l'année précédente.
Étude de la grammaire. Thèmes oraux et écrits. Lecture
cursive de morceaux faciles. Lecture commentée de
textes préparés.

Auteurs anglais.

Morceaux choisis.
Hughes, *Tom Brown's school days.*
Walter Scott, *Tales of a grandfather.*
Washington Irving, *Voyages of Columbus.*
Contes choisis de miss Edgeworth.
De Foë, *Robinson Crusoë.*
Morceaux choisis de Macaulay.

Auteurs allemands.

Morceaux choisis.
Schiller, *Der Neffe als Onkel.*
Contes de Grimm.
Gœthe, *Campagne in Frankreich.*
Morceaux choisis d'un caractère scientifique [2].

Troisième cours. (Supérieur.)

Suite de l'étude de la grammaire. Idiotismes. Lecture
avec commentaire grammatical et littéraire. Lecture cursive (on choisira surtout des prosateurs). Compositions
sur des sujets faciles et pratiques. Lettres familières et
lettres d'affaires.

1. Voir la note 2 de la page 10.
2. Sur le plan de Schödler : das Buch der Natur (Braunschweig,
Vieweg.)

Auteurs anglais.

Morceaux choisis.
Walter Scott, *Quentin Durward, etc.*
Rulini, *The doctor Antonio.*
Macaulay, *Biographical Essays.*
Wash. Irving, *Sketch book; Astoria.*

Auteurs allemands.

Morceaux choisis.
Schiller, *Erhebung der Niederlande.*
Schiller, *Der dreissigjᵃhriger Krieg.*
Lectures géographiques.
Ouvrages scientifiques. — Voyages [1].

HISTOIRE.

(Deux heures par semaine.)

Monde connu des anciens.

Égyptiens, Assyriens et Babyloniens, Israélites, Phéniciens et Carthaginois, Perses. — Monuments qui nous sont restés de ces peuples. — Notions sur leur religion.

La Grèce.

Temps héroïques. — Sparte et Athènes. — Guerres médiques. — Siècle de Périclès. — Socrate. — Épaminondas. — Philippe de Macédoine. — Conquêtes d'Alexandre. — Réduction de la Grèce en province romaine.

Rome.

Les rois. — République romaine. — Les magistratures. — Sénat. — Luttes des plébéiens contre les patriciens.
Conquêtes des Romains.
Les Gracques. — Guerres civiles. — César.
Auguste et ses successeurs. — Les Antonins.
Dioclétien. — Constantin et l'église chrétienne. — Théodose.

1. Il n'est pas interdit dans les trois cours de choisir d'autres auteurs dans le genre de ceux qui sont indiqués au programme.

GÉOGRAPHIE.

(Une heure par semaine.)

Géographie physique, politique et économique de l'Afrique, de l'Asie, de l'Océanie et de l'Amérique.

Géographie générale. — Globe et planisphère. — Cartes géographiques. — L'atmosphère : vents alizés et vents variables, moussons, cyclones. — Climats.

La mer ; marées, courants. — Le fond des mers. — Régions polaires.

Les continents. — Comparaison des principaux traits de la géographie physique dans les cinq parties du monde. — Montagnes, plateaux et plaines ; fleuves. Lacs.

Les races humaines.

Histoire sommaire des découvertes géographiques.

Afrique, Asie, Amérique, Océanie. — Relief du sol, fleuves, lacs ; régions naturelles. — Populations, émigrations, langues et religions. — Principaux États. — Colonies européennes.

Géographie économique : productions les plus importantes de l'agriculture, des mines, de l'industrie. — Commerce ; principaux ports. — Voies de communication par terre et par mer.

Insister sur l'Égypte, l'empire des Indes, l'Indo-Chine, la Chine et le Japon, l'Asie russe, les États-Unis, le Brésil, les colonies britanniques et néerlandaises.

Relations commerciales des cinq parties du monde. — Grandes lignes de navigation à vapeur et de télégraphie électrique.

MATHÉMATIQUES.

(Quatre heures : 2 classes de deux heures par semaine.)

Arithmétique.

Numération décimale.

Les quatre opérations sur les nombres entiers.

Caractères de divisibilité par **2, 3, 5, 9.**

Définition des nombres premiers. Marche à suivre pour décomposer un nombre en ses facteurs premiers (aucun développement théorique). Formation du plus grand commun diviseur et du plus petit commun multiple de plusieurs nombres, en partant de la décomposition des nombres en facteurs premiers. Nombres premiers entre eux.

Fractions ordinaires. Simplification d'une fraction (on admettra, sans démonstration, qu'une fraction dont les deux termes sont premiers entre eux est irréductible). Réduction de plusieurs fractions au plus petit dénominateur commun.

Opérations sur les fractions.

Fractions décimales considérées comme cas particulier des fractions ordinaires.

Réduction des fractions ordinaires en fractions décimales (sans explication théorique).

Système métrique.

Règle de trois directe ou inverse. Règle de trois composée. Solution de ces questions par la méthode dite de réduction à l'unité. Règles d'intérêt et d'escompte.

Géométrie.

Ligne droite et plan. Ligne brisée. Ligne courbe.

Angle. Génération des angles par la rotation d'une droite autour d'un de ses points. Angle droit.

Triangles. Cas d'égalité les plus simples. Propriétés du triangle isocèle. Cas d'égalité des triangles rectangles.

Lieu géométrique des points équidistants de deux points. Lieu géométrique des points équidistants de deux droites qui se coupent.

Droites parallèles. Somme des angles d'un triangle, d'un polygone. Propriétés des parallélogrammes.

De la circonférence du cercle. Dépendance mutuelle des arcs et des cordes, des cordes et de leurs distances au centre.

Tangente au cercle. Intersection et contact de deux cercles.

Mesure des angles. Angle inscrit. Usage de la règle et du compas dans les constructions sur le papier.

Tracé des perpendiculaires et des parallèles. Usage de l'équerre.

Évaluation des angles en degrés, minutes et secondes. Rapporteur.

Problèmes élémentaires sur la construction des angles et des triangles. Mener une tangente à un cercle par un point extérieur. Mener une tangente à un cercle parallèlement à une droite donnée. Mener une tangente commune à deux cercles. Décrire sur une droite donnée un segment capable d'un angle donné.

PHYSIQUE [1].

(Deux heures par semaine.)

Divers états de la matière : expériences sur les solides, les liquides et les gaz.

Chute des corps. — Direction de la pesanteur, fil à plomb, centre de gravité.

Poids. — Balances. — Poids spécifiques.

Liquides. — Surface libre des liquides en équilibre. — Vases communiquants.

Étude expérimentale de la pression sur le fond et les parois des vases.

Principe d'Archimède. — Applications. — Aréomètres à poids constant.

Expériences sur la transmission des pressions. — Presse hydraulique.

Gaz. — Pesanteur de l'air. — Pression atmosphérique. — Baromètres.

Loi de Mariotte. — Manomètres. — Machine pneumatique. — Pompes. — Siphon.

Chaleur.

Dilatation des corps par la chaleur. — Thermomètres. — Construction. — Graduation. — Échelles.

---

1. L'enseignement, dans les trois premières années, doit être essentiellement expérimental.

Électricité statique.

Production de l'électricité par frottement. — Attractions et répulsions. — Notions sur la distribution de l'électricité à la surface des corps.

Effets des pointes.

Électrisation par influence. — Électroscopes.

Machines électriques. — Électrophore.

Condensateur électrique. — Bouteille de Leyde. — Batteries.

Effets des décharges électriques.

Électricité atmosphérique.

Magnétisme.

Aimants naturels et artificiels. — Pôles. — Action des aimants les uns sur les autres. — Aiguille aimantée. — Boussole. — Procédés d'aimantation. — Boussoles de déclinaison et d'inclinaison.

HISTOIRE NATURELLE.

(Une heure par semaine.)

Zoologie.

Étude sommaire de l'organisation de l'homme.

Donner une idée des phénomènes essentiels de la respiration, de la circulation, de la digestion et des fonctions de relation.

Examen sommaire de l'organisation du chien, du coq, du lézard, de la grenouille, de la carpe ; faire sortir de cette comparaison les caractères de l'embranchement des vertébrés.

Indiquer les traits essentiels de l'organisation des articulés (l'écrevisse, le hanneton, l'araignée).

Les vers. Les parasites. Caractères généraux des annelés.

Idée générale des mollusques.

Animaux rayonnés, Protozoaires, Infusoires, Microbes.

Vertébrés. — Caractères généraux des mammifères, des oiseaux, des reptiles, des batraciens et des poissons.

Principaux ordres de mammifères et d'oiseaux.

Notions sur la classe des insectes et ses principaux représentants.

Notions sur les invertébrés utiles et nuisibles. — Pisciculture.

COMPTABILITÉ.

(Une heure par semaine.)

Comptabilité proprement dite.

Constitution d'une maison de commerce. Trois groupes d'employés : acheteurs et vendeurs ; payeurs et receveurs ; enregistreurs et teneurs de livres. Fonctions et travail du comptable.

Comptabilité simple. Comptabilité et tenue des livres du caissier. Registres ou livres ; documents et pièces comptables.

Comptabilité du magasinier ou comptable de marchandises. Registres. Inventaire préalable. Entrées et sorties.

Comptabilité du portefeuille d'effets et de valeurs. Registres spéciaux. Entrées et sorties.

Comptabilité en partie double.

Notions sur les caissiers communs, prédécesseurs des banquiers actuels. Fonctionnement d'une caisse ayant plusieurs déposants. Doit et Avoir. Exercices pratiques de passations d'articles au Journal.

Passation des écritures du Journal au Grand-Livre. Séparation et mise à jour constante des comptes. Exercices pratiques.

Relation fondamentale entre les comptes du Journal et ceux du Grand-Livre. Recherche des erreurs ; pointages. Balance des comptes ; soldes créditeurs et débiteurs. Inventaire. Bilan d'une simple caisse de dépôts et de comptes courants. Réouverture des livres.

Le caissier commun se considère comme client de

sa propre caisse et ouvre à son nom un compte. Origine et raison d'être du compte Capital. Compte de profits et pertes. Relations de ce dernier compte avec le compte Capital.

Comptabilité d'une caisse d'espèces et d'un porte-feuille d'effets à encaisser.

Comptabilité du banquier escompteur. Bordereaux d'escompte. Emploi et raison d'être du banquier.

Comptabilité du marchand au détail. Capital pri-mitif. Comptes Marchandises. Livres auxiliaires. Fonc-tionnement de la maison et des écritures. Balance, in-ventaires, bilan. Évaluation du chiffre d'affaires néces-saire pour couvrir les frais. Détermination du prix de revient et des prix de vente.

Factures et effets à payer et à recevoir. Ouverture des nouveaux comptes.

Comptabilité du commerçant en gros ou en demi-gros. Rôle nécessaire du banquier. Écritures. Comptes spé-ciaux. Livres auxiliaires.

Comptabilité du négociant. Affaires en commission ou en participation. Écritures. Pratiques spéciales.

Comptabilité industrielle. Division du travail et orga-nisation corrrespondante des écritures. Prix de revient. Inventaire et bilan. Livres auxiliaires spéciaux.

DESSIN.

(Quatre heures en dehors des classes.)

N° 2. — Dessin à main levée.

§ 1ᵉʳ. Représentation géométrale, au trait, et repré-sentation perspective, avec les ombres, de solides géo-métriques et d'objets usuels simples.

§ 2. Dessin, d'après des ornements en relief em-pruntant leurs éléments à des formes non vivantes; moulures, rais de cœur, oves, perles, denticules, etc.

N° 2 *bis*. — Dessin géométrique.

§ 1ᵉʳ. Exécution, avec les instruments, de dessins géométriques dans lesquels entreront des lignes droites et des circonférences, et empruntés à des motifs de décoration de surfaces planes. — Parquetages. — Dallages. — Mosaïques, vitraux. — Reliures.

Lavis, à l'encre de Chine et à la couleur, de ces dessins.

§ 2. Relevé avec cotes, et représentation géométrale, au trait, à une échelle déterminée, de solides géométriques et d'objets très simples.

EXAMEN DE PASSAGE.

L'examen de passage de la *première* à la *deuxième* année des cours de l'Enseignement secondaire spécial porte sur les matières comprises dans le programme de la *première année*.

COURS MOYEN.

DEUXIÈME ANNÉE.

(ÉLÈVES DE 12 A 13 ANS EN MOYENNE.)

Répartition de l'Enseignement.

				Programmes.
Français	5 heures de classe par semaine.			Page 20
Langues vivantes. . . .	4	»	»	21
Histoire et Géographie.	3	»	»	21 et 22
Mathématiques.	5	»	»	23
Physique et Chimie . .	3	»	»	25 et 26
Histoire naturelle . . .	1	»	»	27
Comptabilité.	1	»	»	27

Total :   22 heures de classe.

En dehors des heures de classe : { Calligraphie. . 1 heure.   »
 { Dessin. . . . . 4 »   28

PROGRAMMES

GRAMMAIRE ET LANGUE FRANÇAISES.

(Cinq heures par semaine.)

Lecture, explication et récitation d'auteurs français (prose et vers).

Suite des exercices sur la grammaire, sur le vocabulaire et sur la construction.

Exercices oraux et écrits de langue française ; premiers exercices d'invention.

Analyse orale ou écrite de morceaux lus hors de la classe sur l'indication du professeur.

Petits récits, lettres familières, descriptions [1].

---

1. Ces compositions seront surtout empruntées aux événements de la vie privée ou scolaire, aux souvenirs personnels des élèves, aux matières des autres enseignements : description d'un objet usuel, récit d'une promenade, phénomène naturel observé et décrit, trait de mœurs ou de caractère, etc.

Morceaux choisis de prosateurs et de poètes classiques français (XVIIe et XVIIIe siècles).
Mme de Sévigné, *choix de lettres.*
Voltaire, *Histoire de Charles XII.*
La Fontaine, *les six premiers livres des Fables.*
Racine, *Esther.*
Boileau, *le Lutrin.*

LANGUES VIVANTES.

(Quatre heures par semaine.)

Voir, Première Année, page 9, le programme général de l'enseignement des Langues vivantes.

HISTOIRE ET GÉOGRAPHIE.

(Trois heures par semaine.)

1° Histoire.

Histoire générale depuis l'invasion des barbares jusqu'en 1610.

Les invasions des barbares.
Clovis. — Dagobert.
L'Empire d'Orient : Justinien.
Mahomet. — Empire des Arabes.
Pépin d'Héristal. — Charles Martel. — Pépin le Bref.
Charlemagne.
Traité de Verdun. — Les Normands.
Le régime féodal en France et en Europe.
L'empire et la papauté : querelle des investitures.
Les croisades.
Conquête de l'Angleterre par les Normands. — Les Plantagenets. — La grande charte.
Louis VI. — Philippe-Auguste.
Saint Louis.
Philippe le Bel. — Boniface VIII. — Les Templiers.

Guerre de Cent ans. — Les États généraux et Étienne Marcel. — Charles V et Duguesclin.

Le schisme d'Occident.

Charles VI. — Guerres civiles et nouvelle invasion des Anglais. — Charles VII et Jeanne d'Arc. — Jacques Cœur. — Principales institutions de Charles VII. Reconstitution de l'unité territoriale de la France.

Louis XI et Charles VIII. — Les États généraux de 1484.

Unité de l'Espagne sous Ferdinand le Catholique et Isabelle ; en Angleterre, les Tudors.

Les Turcs à Constantinople.

Voyages et conquêtes des Portugais et des Espagnols. Guerres d'Italie.

La Renaissance aux XVe et XVIe siècles, en Italie en France.

La Réforme. — Luther et Calvin.

Lutte de la France et de la maison d'Autriche. — Charles-Quint; François Ier et Henri II.

Les guerres de religion. — Élisabeth et Marie Stuart. — Philippe II et Guillaume le Taciturne.

Les guerres de religion en France. L'Hospital ; les Guises ; les États généraux ; la Ligue.

Henri IV. Pacification de la France.

2° Géographie.

I. — Étude générale de l'Europe.

Bornes et superficie de l'Europe. — Configuration de l'Europe. — Les mers ; description des côtes.

Relief du sol ; variété des formes. — Système orographique : constitution géologique. — Les plateaux et les plaines.

Fleuves et rivières. — Principaux groupes de lacs.

Lignes isothermes : vents et pluies ; climats maritimes et continentaux. Rapports de la végétation et du climat : flore méditerranéenne ; steppes ; forêts du Nord. — Limites climatériques de l'olivier, de la vigne, des céréales, de la végétation arborescente.

II. — Description particulière des États de l'Europe.

Étudier pour chaque État les traits caractéristiques de la géographie physique, la géographie politique, les divisions administratives ou historiques les plus importantes, les villes principales, la géographie économique (agriculture, mines, industrie, voies de communication, commerce), la population, la race, la langue, la religion.

Résumé comparatif. — Superficie comparée des États. — Productions et commerce. — Densité des populations. — Races. — Langues. — Religions. — Forces militaires.

MATHÉMATIQUES.

(Cinq heures par semaine.)

Arithmétique.

Rapports et proportions : le produit des extrêmes est égal au produit des moyens. Dans une suite de rapports égaux, la somme des numérateurs et celle des dénominateurs forment un rapport égal à chacun d'eux.

Intérêts simples et partages proportionnels.

Extraction de la racine carrée (règle pratique).

Algèbre.

Usage des notations algébriques pour généraliser la solution de problèmes d'arithmétique.

Formules d'intérêt, d'escompte, de partages proportionnels.

Opérations algébriques (les valeurs numériques que peuvent prendre les polynômes seront supposées positives).

Résolution d'équations numériques du premier degré à une ou plusieurs inconnues. Comme application, les problèmes de mélange et d'alliage.

Géométrie.

Mesure des aires. Aires du rectangle, du parallélogramme, du triangle, du trapèze, d'un polygone quelconque. Aire approchée d'une figure limitée par une courbe quelconque. Théorème du carré construit sur l'hypoténuse d'un triangle rectangle. Nombreuses applications numériques.

Notions d'arpentage. Usage de la chaîne et de l'équerre d'arpenteur.

Le professeur fera exécuter aux élèves les dessins géométriques suivant des dimensions données.

Lignes proportionnelles. Polygones semblables. — Conditions de similitude de triangles.

Rapport des périmètres des polygones semblables.

Relations entre la perpendiculaire abaissée du sommet de l'angle droit d'un triangle rectangle sur l'hypoténuse, les segments de l'hypoténuse, l'hypoténuse elle-même et les côtés de l'angle droit.

Théorème relatif aux sécantes d'un même cercle issues d'un même point.

Problèmes. — Diviser une droite donnée en parties égales, en parties proportionnelles à des longueurs données.

Trouver une quatrième proportionnelle à trois longueurs données, une moyenne proportionnelle entre deux longueurs données. — Construire sur une droite donnée un polygone semblable à un polygone donné.

Polygones réguliers : leur inscription dans le cercle. Carré ; hexagone.

Valeur approchée du rapport de la circonférence au diamètre.

Mesure de la circonférence. — Longueur d'un arc d'un nombre donné de degrés. — Applications.

Aire d'un polygone régulier. — Aire d'un cercle. — Aire d'un secteur circulaire.

Rapport des aires de deux figures semblables.

Notions sur le levé des plans. — Levé au mètre, levé à l'équerre, levé au graphomètre, levé à la planchette.

PHYSIQUE ET CHIMIE.

(Trois heures par semaine.)

1° Physique [1].

(Une heure par semaine.)

Chaleur (suite).

Coefficients de dilatation. — Applications usuelles. — Dilatation de l'eau. — Maximum de densité de l'eau.
Conductibilité des corps pour la chaleur.
Changements d'état des corps. — Fusion. — Solidification. — Dissolution.
Vaporisation. — Ébullition. — Distillation.
Vapeurs saturantes et non saturantes.
Tension maximum.
Liquéfaction des vapeurs et des gaz.

Notions de calorimétrie — Chaleurs spécifiques. — Sources de chaleur. — Chaleur de fusion. — Mélanges réfrigérants. — Chaleur de vaporisation. — Froid produit par vaporisation. — Production artificielle de la glace.
Notions sur les machines à vapeur.

Électricité dynamique.

Piles électriques à un et à deux liquides.
Courants électriques.
Effets chimiques. — Électrolyse. — Galvanoplastie.
Effets physiques. — Chaleur. — Lumière.
Effets mécaniques.
Action du courant sur les courants et sur l'aiguille aimantée. — Galvanomètres. — Comparaison du solénoïde et de l'aimant.
Aimantation par les courants. — Électro-aimants. — Principes de télégraphie électrique. — Notions sur l'induction électrique.

1. L'enseignement de la physique, dans les trois premières années, doit être essentiellement expérimental.

2° Chimie.

(Deux heures par semaine.)

Métalloïdes.

Eau. Analyse et synthèse. — Hydrogène. — Oxygène. Air ; analyse. — Azote. — Combustion.

États divers de la matière. — Notions générales sur la combinaison chimique. — Corps simples et corps composés.

Acides, bases, sels. — Nomenclature parlée et écrite.

Oxydes de l'azote. Acide azotique. — Ammoniaque. — Quelques mots sur l'ozone et l'eau oxygénée.

Chlore. Acide chlorhydrique. Eau régale. — Iode. — Brome. — Acide fluorhydrique.

Soufre. Acide sulfureux. Acide sulfurique. Acide sulfhydrique.

Phosphore. Acide phosphorique. Hydrogène phosphoré. — Arsenic.

Carbone. Oxyde de carbone. Acide carbonique. Sulfure de carbone. Cyanogène et acide cyanhydrique.

Les trois principaux carbures d'hydrogène gazeux (acétylène, gaz des marais, gaz oléfiant).

Gaz d'éclairage. — Flamme.

Bore. Acide borique. — Silicium. Silice.

3° Manipulations de Chimie[1].

(Dix manipulations sur les Métalloïdes.)

1. Hydrogène. Oxygène.
2. Azote. Protoxyde d'azote. Bioxyde d'azote.
3. Acide azotique. Ammoniaque.
4. Chlore. Acide chlorhydrique. Chlorate de potasse.
5. Soufre. Acide sulfureux. Acide sulfhydrique.
6. Acide sulfurique. Acide phosphorique.
7. Ozone. Acide fluorhydrique (gravure sur verre). Appareil de Marsh.

---

1. Les manipulations de chimie sont obligatoires. Chacune d'elles dure environ quatre heures.

2.

8. Oxyde de carbone. Acide carbonique. Cyanogène.

9. Noir animal. Noir de fumée. Préparation du sulfure de carbone.

10. Gaz de houille. Acide borique. Acide silicique.

HISTOIRE NATURELLE.

(Une heure par semaine.)

Botanique.

Notions sur les parties essentielles de la plante : racine, tige, feuilles, bourgeons. Idée sommaire de la nutrition.

La fleur. Idée sommaire de la fécondation.

Le fruit. — Diverses espèces de fruit. — Structure de la graine.

Les plantes dicotylédones. — Caractères généraux. — Principales familles.

Les plantes monocotylédones. — Caractères généraux. — Principales familles.

Les cryptogames.

(On ne s'arrêtera qu'aux familles les plus importantes ou les plus remarquables par leur organisation, par les espèces utiles ou nuisibles qu'elles contiennent.)

COMPTABILITÉ.

(Une heure par semaine.)

Banque (Payements et Recettes).

Diverses manières de payer et de recevoir : quant à la date ou au lieu de l'opération, au genre de monnaie.

Recettes et payements en numéraire. — Métaux précieux, or et argent. Prix de revient de l'or et de l'argent.

Monnayage des métaux précieux. Monnaies d'or, d'argent et de billon. Dimensions. Poids. Titres. Tolérances. Circulation légale.

Signes de la monnaie. Altération de la monnaie. Fausse monnaie.

Systèmes monétaires. — Système français et de l'Union latine. Systèmes étrangers à l'Union latine. Calcul de la valeur d'une monnaie en fonction d'une autre.

Métaux précieux ; leur valeur légale. — Valeur commerciale des matières d'or et d'argent. Calcul du prix des lingots. Transformation des monnaies étrangères en monnaies du pays. Relations légales et relations réelles de valeur entre l'or et l'argent.

Change menu. Payer et recevoir en sa propre monnaie. Recettes et payements en monnaies étrangères.

Recettes et payements différés. — Billet à ordre. Traites. Protêts. Valeur nominale, valeur réelle.

Le banquier escompteur. Calcul des bordereaux. Tarifs. Comptabilité spéciale.

Banques d'émission et de circulation. Encaissements et payements. Traite sur l'étranger.

DESSIN.

(Quatre heures en dehors des classes.)

N° 3. — Dessin à main levée.

§ 1er. Dessin d'après des ornements en bas relief empruntant leurs éléments au règne végétal. — Feuilles et fleurs ornementales. — Palmettes, rinceaux, etc.

§ 2. Dessin d'après des fragments d'architecture. — Piédestaux. — Bases et fûts de colonnes. — Antes. — Corniches. — Vases.

§ 3. Dessin de la tête humaine. — Premières notions sur la structure et les proportions de ses différentes parties.

N° 3 *bis*. — Dessin géométrique.

§ 1er. Notions sur la ligne droite, sur le plan et sur les projections.

§ 2. Projections des solides géométriques et d'objets usuels les plus simples. — Déplacements de ces objets et de ces solides parallèlement aux plans de projection.

Notions pratiques élémentaires sur le lavis des surfaces planes et des surfaces courbes.

§ 3. Eléments du dessin d'architecture. — Les murs et les moulures.

Ensemble et détails de l'ordre dorique. (Cette étude d'architecture sera faite d'après un monument de l'art grec ou de l'art romain.)

EXAMEN DE PASSAGE.

L'examen de passage de la *deuxième* à la *troisième* année des cours de l'Enseignement secondaire spécial porte sur les matières comprises dans le programme de la *deuxième année*.

COURS MOYEN. — TROISIÈME ANNÉE.

(ÉLÈVES DE 13 A 14 ANS EN MOYENNE.)

Répartition de l'Enseignement.

			Programmes.
Français	4 heures de classe par semaine.		Page 30
Morale	2		31
Langues vivantes . . .	3	"	33
Histoire et Géographie.	3		33 et 35
Mathématiques	5		37
Physique et Chimie . .	4		38 et 39
Histoire naturelle . . .	1		41
Comptabilité	2		42

Total : 24 heures de classe.

En dehors des heures de classe : { Calligraphie. . 1 heure.   "
 { Dessin 4   "   43

PROGRAMMES.

LANGUE ET LITTÉRATURE FRANÇAISES.

(Quatre heures par semaine.)

Lecture, explication et récitation d'auteurs français (prose et vers).

Principales qualités du style et règles essentielles de la composition, étudiées, non d'après un cours théorique, mais sur les textes et à l'occasion des devoirs journaliers.

Lettres, narrations, développement d'une idée morale; résumés et analyses d'auteurs.

Histoire sommaire de la littérature française, notamment depuis le XVI⁰ siècle jusqu'à nos jours, accompagnée de la lecture de textes choisis.

Principes de versification française.

Morceaux choisis de prosateurs et de poètes français des XVIᵉ, XVIIᵉ, XVIIIᵉ et XIXᵉ siècles.

Voltaire, *Siècle de Louis XIV* (particulièrement les chapitres 31, 32, 33 et 34).

La Fontaine, *les six derniers livres des Fables*.

Corneille, *le Cid*.

Racine, *Athalie*.

Molière, *l'Avare*.

Boileau, *les Épîtres*.

MORALE.

(Deux heures par semaine.)

Morale pratique.

Notions préliminaires.

La responsabilité morale. Faits de conscience dans lesquels cette notion est impliquée.

La liberté.

Le bien, distinct de l'agréable et de l'utile.

Le devoir et ses caractères. Formules de l'obligation morale. — Dignité de la personne humaine.

Rapports du devoir et du droit. — La vertu et ses degrés.

Devoirs généraux de la vie sociale.

Justice et charité.

Devoirs de justice. — Respect de la personne.

Respect de la personne dans sa vie. Examen des exceptions réelles ou prétendues : cas de légitime défense, etc.

Respect de la personne dans sa liberté : l'esclavage, le servage; abus de pouvoir à l'égard des enfants mineurs, des salariés, etc.

Respect de la personne dans son honneur et sa réputation : les outrages, la calomnie, la médisance; condamnation de la délation et de l'envie.

Respect de la personne dans ses croyances et ses opinions. L'intolérance. Liberté des cultes. Esprit de patience et de tolérance dans la discussion. Avantages de la libre critique et de la contradiction.

Respect de la personne dans ses biens. La propriété,
le vol.

Respect de la personne dans ses moindres intérêts,
dans tous ses sentiments et ses volontés légitimes.

Caractère sacré des promesses et des contrats.

Respect de la personne dans son intelligence. Le men-
songe.

Justice distributive et rémunérative. — Équité. — Obligation de défendre les personnes dans leur vie. — Respect
de la vieillesse, des services, des supériorités morales.

Devoirs de charité. — La bienveillance et la bienfaisance.

La bienfaisance proprement dite : l'aumône; le dévouement et le sacrifice.

Menus devoirs de respect et de bienveillance envers
les personnes : la politesse.

Devoirs à l'égard des animaux.

Devoirs civiques.

La patrie; ce qui la constitue. L'État et les citoyens.
Fondement de l'autorité publique. La Constitution et
les lois.

Devoirs des simples citoyens. L'obéissance aux lois,
l'impôt, le service militaire, le vote.

Le patriotisme.

Devoirs et droits des gouvernants.

Pouvoir législatif : devoirs et droits du législateur.

Pouvoir exécutif : devoirs et droits du Gouvernement
et des fonctionnaires.

Pouvoir judiciaire : devoirs et droits des magistrats.
Fondements et limites du droit de punir.

Devoirs des nations entre elles. — Le droit des gens.

Devoirs domestiques.

La famille. Devoirs des époux entre eux.

Devoirs des parents envers les enfants.

Devoirs des enfants envers les parents.

Devoirs des frères et sœurs entre eux.

L'esprit de famille.

Devoirs des maîtres et des serviteurs.

Devoirs individuels.

Devoir de conservation personnelle. Le suicide.

Principales formes du respect de soi-même : tempérance, prudence, courage. Respect de la vérité; sincérité vis-à-vis de soi-même.

Devoir de cultiver et de développer toutes nos facultés. Le travail; sa nécessité, son influence morale.

Devoirs religieux et droits correspondants. Rôle du sentiment religieux en morale.

LANGUES VIVANTES.

(Trois heures par semaine.)

Voir, Première Année, page 9, le programme spécial de l'enseignement des Langues vivantes.

HISTOIRE ET GÉOGRAPHIE.

(Trois heures par semaine.)

I° Histoire.

**Histoire de France et des temps modernes
de 1610 à 1875.**

L'Europe et la France en 1610. — Louis XIII. — Richelieu.

Guerre de Trente ans. — Traités de Westphalie. — Acquisition de l'Alsace.

L'Angleterre sous les Stuarts. — Révolution de 1648. — Cromwell. — L'acte de navigation et les colonies anglaises.

Minorité de Louis XIV. — Mazarin. — La Fronde. — Traité des Pyrénées.

Louis XIV. — Colbert. — Louvois. — Vauban.

Guerre du droit de dévolution et guerre de Hollande. — Traité de Nimègue. — Les chambres de réunion. — Révocation de l'édit de Nantes.

Ligue d'Augsbourg. — Révolution de 1688 en Angleterre. — Rivalité de Guillaume III et de Louis XIV. — Guerre de la succession d'Espagne; traités d'Utrecht et de Rastadt.

Les lettres, les sciences et les arts sous le règne de Louis XIV.

Lutte de Pierre le Grand et de Charles XII.

Louis XV. — Régence du duc d'Orléans. — Le système de Law. — Ministère du cardinal Fleury. — Guerre de la succession de Pologne. — Guerre de la succession d'Autriche. — Guerre de Sept ans. — Acquisition de la Lorraine et de la Corse. — Les jésuites et les Parlements.

Les colonies françaises au XVIIIe siècle; Dupleix et Montcalm. — Soulèvement des colonies anglaises d'Amérique. — Washington et La Fayette. — Constitution de la République fédérative des États-Unis.

Progrès du royaume de Prusse; Frédéric le Grand. — La Russie sous Catherine II. — Démembrements de la Pologne.

Louis XVI. — Turgot et Necker. — Convocation des États généraux.

Les demandes des cahiers. — La Constituante et ses réformes. — La constitution de 1791. — La Législative. — L'invasion : Valmy.

La Convention nationale. — La Terreur. — Le 9 thermidor. — La première coalition jusqu'aux traités de Bâle. — Guerre de Vendée. — Institutions et créations de la Convention nationale. — Constitution de l'an III.

Le Directoire. — Expédition d'Égypte. — Deuxième coalition. — Campagne de 1799. — Le 18 brumaire.

La Constitution de l'an VIII. — Le Consulat et les réformes. — Campagne de 1800. — Traités de Lunéville et d'Amiens.

L'Empire. — Gouvernement intérieur. — Législation; travaux publics. — Politique extérieure : les coalitions. — Guerre d'Espagne. — Blocus continental et décret de Milan.

Campagnes de Russie, de Saxe et de France. — Invasion de 1814. — Premier traité de Paris.

La Restauration : la Charte. — Les Cent jours. — Deuxième traité de Paris. — Les traités de 1815.

Louis XVIII.— Évacuation du territoire.—Charles X.
— Prise d'Alger. — Les ordonnances de juillet. — Révolution de 1830.— Mouvement littéraire et scientifique.

La sainte alliance. —·Émancipation des colonies espagnoles d'Amérique.

Gouvernement de Juillet. — Charte de 1830. — Révolution de février.

Contre-coup de la Révolution de 1830 en Europe. —
Émancipation de la Belgique. — Soulèvement de la
Pologne. — Mouvements en Italie. — Le bill de réforme
en Angleterre. — La monarchie constitutionnelle en
Portugal et en Espagne.

La question d'Orient. — L'Angleterre et la Russie en
Asie. — Guerre de l'opium.

Résultats généraux du gouvernement de Juillet. —
Conquête et colonisation de l'Algérie. — Loi sur l'instruction primaire de 1833. — L'industrie et le commerce. — Les chemins de fer. — Les lettres, les sciences
et les arts.

Révolution de 1848. — Constitution républicaine de
1848. — Contre-coup de la Révolution de 1848 en
Europe. — Mouvements en Allemagne, en Hongrie, en
Italie.

Le second Empire. — Constitution de 1852.

Guerre de Crimée. — Création du royaume d'Italie.
— Réunion de Nice et de la Savoie à la France. — Dissolution de la Confédération germanique. — Monarchie
austro-hongroise. — Guerre de sécession américaine.—
Guerre du Mexique.

Les traités de commerce. — Le canal de Suez.

Révolutions et guerres dans l'extrême Orient. —
L'Empire anglais des Indes.

Guerre de 1870. — Chute du second Empire. —
Création de l'empire allemand. — Traité de Francfort.
— Lois constitutionnelles de 1875.

2° Géographie.

**Géographie physique, politique, administrative et économique
de la France et de ses possessions coloniales.**

Position de la France. — Description détaillée du sol
français.

Les côtes. — Notions sommaires sur la constitution géologique du sol. — Système orographique : montagnes, plateaux et plaines. — Altitude moyenne des principales régions.

Régime des eaux. — Terrains perméables, imperméables. — Sources. — Climat : température, vents dominants, pluie.

Frontières : défenses naturelles et places fortes de la France et des pays limitrophes. — Ports militaires.

Langue et nationalité françaises. — Dialectes provinciaux.

Formation territoriale de la France. — Les anciennes provinces. — Organisation actuelle : commune, canton, arrondissement, département.

Pouvoirs publics. Administration centrale : les ministères. — Organisation des grands services de l'État.

Agriculture. — Zones de culture ; régions agricoles. — Principaux rapports de l'agriculture avec la géologie et le climat. — Produits. — Pêche.

Carrières et mines. — Industrie. — Rapports des diverses industries avec l'agriculture et avec les mines.

Routes, canaux, chemins de fer, postes, télégraphes, navigation fluviale et maritime. Commerce : importation, exportation, transit. — Principaux centres de commerce et grandes villes.

Population : densité, mouvements de la population. — Influence de l'état physique ou économique des régions sur le groupement de la population.

Algérie : description physique, produits, voies de communication, commerce. — Relations avec la métropole et les pays voisins ; population ; colonisation ; administration.

Possessions coloniales de la France : description physique, production, navigation, pêche, commerce ; établissements pénitentiaires ; pays protégés. — Relations avec la métropole ; administration.

MATHÉMATIQUES.

(Cinq heures par semaine.)

Algèbre.

Revision et compléments des premières notions données l'année précédente. — Extension des règles de calcul aux symboles négatifs.

Résolution d'équations littérales du 1er degré à une ou plusieurs inconnues.

Problèmes. — Interprétation des valeurs négatives. Cas d'impossibilité et d'indétermination.

Équation du 2e degré à une inconnue.

Décomposition du trinome $x^2 + px + q$ en facteurs du 1er degré. Relations entre les coefficients et les racines de l'équation $x^2 + px + q = 0$.

Progressions arithmétiques, progressions géométriques.

Logarithmes.

Usages des tables. — Calcul d'expressions arithmétiques.

Application des logarithmes aux questions d'intérêts composés et d'annuités.

Géométrie.

Du plan et de la ligne droite dans l'espace. Perpendiculaires et obliques au plan.

Parallélisme des droites et des plans.

Angles dièdres. — Plans perpendiculaires.

Notions très sommaires sur les angles trièdres et polyèdres.

Les polyèdres. Principales propriétés des prismes et des parallélipipèdes.

Mesures des volumes. Parallélipipède; prisme; pyramide; tronc de pyramide.

Notions sommaires sur les polyèdres semblables. Rapport des surfaces, des volumes.

Cylindre droit à base circulaire. Mesure de la surface latérale et du volume.

Cône droit à base circulaire. Surface latérale du cône, du tronc de cône à bases parallèles; volume du cône et du tronc de cône.

Sphère; sections planes. Grands cercles; petits cercles; pôles d'un cercle; étant donnée une sphère, trouver son rayon par une construction plane.

Plan tangent à la sphère.

Mesure de la surface engendrée par une ligne brisée régulière, tournant autour d'un axe mené dans son plan et par son centre; aire de la zone, de la sphère.

Mesure du volume de la sphère considérée comme somme de pyramides.

Géométrie descriptive.

Préliminaires. — Point. — Ligne droite. — Représentation d'un plan.

Problèmes sur l'intersection de deux plans, de trois plans; d'une droite et d'un plan. — Droite et plan perpendiculaire.

Méthode des rabattements. Application de cette méthode aux problèmes sur les angles et les distances.

Vraie grandeur d'un polygone dont les projections des sommets sont données.

Représentation de quelques polyèdres simples et sections planes de ces polyèdres.

PHYSIQUE ET CHIMIE.

(Quatre heures par semaine.)

1° Physique[1].

(Deux heures par semaine.)

Acoustique.

Production et propagation du son dans l'air. — Vitesse du son dans l'air, les liquides et les solides.

Réflexion. — Échos. — Résonances.

Qualités du son. — Intensité. — Hauteur. — Mesure du nombre des vibrations.

1. L'enseignement de la physique, dans les trois premières années, doit être essentiellement expérimental.

Gamme. — Intervalles musicaux. — Les harmoniques. — Timbre.

Notions expérimentales sur les cordes et les tuyaux sonores.

Optique.

Propagation de la lumière. — Ombre et pénombre.

Comparaison de l'intensité de deux sources lumineuses.

Réflexion de la lumière. — Propriétés des miroirs plans et des miroirs sphériques établies expérimentalement.

Réfraction. — Ses lois. — Prisme. — Réflexion totale. — Chambre claire.

Lentilles. — Propriétés des lentilles établies expérimentalement. — Construction graphique.

Décomposition et recomposition de la lumière. — Spectre solaire.

Loupe. — Microscope. — Lunettes — Télescope.

Chaleur rayonnante, étude expérimentale.

2° **Chimie.**

(Deux heures par semaine.)

Métaux et sels.

Métaux. — Propriétés générales. - - Alliages.

Oxydes. — Sulfures. — Chlorures.

Sels. Propriétés générales.

Azotates. — Sulfates. — Carbonates.

Principales lois se rapportant à la composition des sels.

Notions sur les équivalents. — Notions sur la mécanique chimique.

Potassium. Sodium. — Potasse, soude; chlorures, azotates, sulfates, carbonates.

Sels ammoniacaux.

Chaux, carbonate, sulfate, phosphate, hypochlorite.

Baryte et strontiane.

Magnésium. — Magnésie; carbonate et sulfate.
Aluminium. — Alumine. Aluns. Feldspaths.
Argiles. Poteries et verres.
Manganèse. Oxydes.
Fer, fontes et aciers. Minerais de fer.
Zinc. Oxyde, chlorure, sulfate.
Chrome. Nickel. Cobalt. Principaux composés indus-
triels.
Étain. — Oxydes et chlorures.
Cuivre. — Plomb. — Oxydes, sulfures, chlorures,
sulfates, carbonates.
Mercure. — Argent. — Principaux composés.
Or. — Platine.
Caractères des bases. Caractères des principaux genres
de sels.
Notions sommaires sur la composition élémentaire,
l'analyse et la synthèse des substances organiques. Leurs
principaux groupes.

3° Manipulations de Chimie[1].

(Dix manipulations sur les métaux.)

1. Oxydation du fer, du zinc, du plomb par l'oxygène.
Réduction des oxydes de fer et de cuivre par l'hydrogène.
2. Réduction du plomb et du bismuth. Action du
chlore sur l'antimoine, sur la chaux éteinte, sur la chaux
vive.
3. Action du soufre sur le fer. Réduction du sulfure
de plomb par le fer. Réduction de l'argent, de son chlorure par voie sèche. Action du charbon sur le sulfate de
chaux.
4. Électrolyse de l'eau. Précipitation du cuivre par la
pile. Argenture et dorure galvaniques.
5. Potasse caustique en lessive et solide. Cuisson
du plâtre. Cristallisation de l'azotate de potasse. Bicar-
bonate de potasse. Sulfate de soude.
6. Baryte caustique. Chlorure de baryum. Alumine.
Alun.

---

1. Les manipulations de chimie sont obligatoires. Chacune d'elles
dure environ quatre heures.

7. Bioxyde de manganèse. Permanganate de potasse. Peroxyde de fer anhydre et hydraté. Sulfate de protoxyde de fer.

8. Sesquioxyde de chrome. Sulfate de zinc. Bioxyde d'étain. Protochlorure d'étain. Or. Bisulfure d'étain.

9. Céruse. Bioxyde de plomb. Sulfate de plomb. Protoxyde de cuivre. Sulfate de cuivre.

10. Purification du mercure. Oxyde de mercure. Protochlorure et bichlorure de mercure. Nitrate, oxyde et chlorure d'argent.

HISTOIRE NATURELLE.

(Une heure par semaine.)

Géologie.

Notions générales sur la structure de la surface générale du globe terrestre.

Modifications continues du sol à l'époque géologique actuelle.

Actions neptuniennes : transports et dépôts. — Glaciers.

Actions plutoniennes : volcans, tremblements de terre, sources thermales.

Roches et fossiles.

Roches ignées fondamentales. — Roches stratifiées ou sédimentaires. — Roches ignées intercalées.

Les fossiles d'origine animale ou végétale.

Utilité des fossiles pour distinguer les terrains et préciser leur mode de formation.

Ordre chronologique des terrains de sédiment; étages et périodes ou âges géologiques.

Terrains primaires et terrains de transition.

Terrains secondaires, tertiaires et quaternaires.

Étude de la répartition des divers terrains sur la surface du sol de la France. Carte géologique.

Idée de formation successive du sol de la contrée.

COMPTABILITÉ.

(Deux heures par semaine.)

Révision de la première et de la deuxième année
(pages 17 et 27).

Commerce (achat et vente).

Diverses espèces de commerçants. Classification générale des marchandises. Aperçu général de la circulation. Le commerçant proprement dit. Le commerce par
arbitrage; types de ce genre de commerce : métaux précieux; changes et monnaies; valeurs mobilières; marchandises ordinaires.

Valeurs mobilières. — Formes et conditions où elles
sont créées, où elles sont émises, où elles circulent.
Opérations ordinaires sur les valeurs et les marchandises : au comptant, à terme. Opérations au comptant.
Bordereaux d'agent de change. Opérations à terme,
ferme, à primes. Mode de négociation et de liquidation.
Calcul des bordereaux.

Des institutions et des agents commerciaux et financiers.

Foires. Marchés. Bourses. Création et circulation de
titres fiduciaires.
Classification des institutions financières. Leur rôle.
Banques de dépôt, d'émission, de circulation.
Institutions de crédit. Le *Crédit mobilier*; ses imita-
teurs. Le *Crédit foncier*.
Établissements de dépôt et de prêts sur marchandises.
Docks, entrepôts, warrants. Circulation actuelle des
marchandises. Rôle des établissements de crédit dans la
circulation des marchandises et des valeurs. Syndicats.
L'assurance. Historique et développement. Principales
applications.

DESSIN.

(Quatre heures en dehors des classes.)

N° 4. — Dessin à main levée.

§ 1er. Dessin d'après les fragments d'architecture tels que : chapiteaux, mascarons, griffes et griffons, vases, têtes décoratives d'animaux, etc.

§ 2. Dessin de l'ensemble de la figure humaine d'après les bas-reliefs empruntés à l'art antique.

§ 3. Étude et dessin des parties du corps humain. — Premières notions simplifiées d'anatomie.

Copie de détails de la figure humaine, alternativement d'après la bosse et d'après l'estampe.

N° 4 *bis*. — Dessin géométrique.

§ 1er. Ombres usuelles et pratique raisonnée du lavis (ombres propres, ombres portées). — Lavis des surfaces de révolution les plus simples.

§ 2. Dessin et lavis d'architecture. Ensemble et détails de l'ordre ionique. — Porte ou fenêtre.

(Ces études d'architecture seront faites d'après des monuments de l'art grec ou de l'art romain.)

§ 3. Dessin et lavis de machines. Les organes de machines les plus simples. — Relevé avec cotes de ces organes et leur représentation géométrale, à une échelle déterminée. — Quelques-uns de ces dessins seront lavés.

CERTIFICAT D'ÉTUDES ET EXAMEN DE PASSAGE.

Un certificat d'études[1] peut être obtenu à la fin de la *troisième année du Cours moyen*.

L'obtention de ce certificat dispense de l'examen d'entrée au *Cours supérieur*.

Les élèves qui, n'ayant pas obtenu le certificat d'études, demandent néanmoins à être admis dans le cycle supérieur pour suivre les cours des quatrième et cinquième années, doivent subir un examen de passage, portant sur les matières de la *troisième année*.

---

1. Pour les conditions et les matières de ce Certificat d'études, voir l'arrêté du 28 juillet 1882, page XXI, dans les Documents officiels.

COURS SUPÉRIEUR.

Deux années.

QUATRIÈME ANNÉE.

[4ᵉ année des Études. — 1ʳᵉ année du Cours supérieur.]

(ÉLÈVES DE 14 A 15 ANS EN MOYENNE.)

Répartition de l'Enseignement.

			Programmes.
Français	4 heures de classe par semaine.		Page 44
Langues vivantes . . .	3	»	45
Histoire et Géographie.	3	»	46
Législation	2	»	48
Mathématiques	5	»	49
Physique et Chimie . .	4	»	51 et 52
Histoire naturelle . . .	2	»	54

Total :   23 heures de classe.

En dehors des heures de classe : Dessin, 4 heures.   55

PROGRAMMES.

LANGUE FRANÇAISE ET LITTÉRATURE.

(Quatre heures par semaine.)

Lecture, explication et récitation d'auteurs français (prose et vers).

Étude de morceaux choisis des XVIᵉ, XVIIᵉ, XVIIIᵉ et XIXᵉ siècles.

Notions d'étymologie.

Notions sur les divers genres de compositions littéraires en prose et en vers, à l'occasion et au moyen de morceaux choisis.

Composition sur des sujets de littérature, de morale et d'histoire.

Lettres d'affaires, rapports sur des sujets techniques.

Histoire sommaire des littératures grecque et latine[1].

Histoire sommaire de la formation de la langue française.

Traduction orale ou écrite de vieux français (XVe et XVIe siècles).

Morceaux choisis de prosateurs et de poètes français des XVIe, XVIIe, XVIIIe et XIXe siècles.

Bossuet, *Oraison funèbre de Henriette d'Angleterre et du prince de Condé*.

La Bruyère, *Des Biens de fortune et du Mérite personnel*.

Fontenelle, *Choix d'Éloges des Académiciens*.

Voltaire, *Lettres choisies*.

Corneille, *Horace, le Menteur*.

Racine, *Iphigénie, les Plaideurs*.

Molière, *les Femmes savantes, le Bourgeois gentilhomme*.

Boileau, *l'Art poétique*.

Recueil de morceaux traduits des prosateurs et des poètes latins et grecs, à l'usage de l'enseignement spécial.

LANGUES VIVANTES.

(Trois heures par semaine.)

Troisième Cours[2] (Supérieur).

Suite de l'étude de la grammaire. Idiotismes. Lecture avec commentaire grammatical et littéraire. Lecture cursive (on choisira surtout des prosateurs). Compositions sur des sujets faciles et pratiques. Lettres familières et lettres d'affaires.

1. On parlera surtout des écrivains et des œuvres qui ont fourni des modèles aux littératures modernes.

2. Nous reproduisons ici le programme du troisième cours, qui pourra être généralement suivi par les élèves des quatrième et cinquième années de l'Enseignement secondaire spécial. Voir, page 9, le programme général des Langues vivantes.

Auteurs anglais.

Morceaux choisis.
Walter Scott, *Quentin Durward*, etc.
Rufini, *The doctor Antonio*.
Macaulay, *Biographical Essays*.
Wash. Irving, *Sketch book; Astoria*.

Auteurs allemands.

Morceaux choisis.
Schiller, *Erhebung der Niederlande*.
Schiller, *Der dreissigjähriger Krieg*.
Lectures géographiques.
Ouvrages scientifiques. — Voyages[1].

HISTOIRE ET GÉOGRAPHIE.

(Trois heures par semaine.)

I. — Orient.

Les monuments de l'Égypte et de l'Assyrie.
Industrie, commerce et colonies des Phéniciens.
La religion des Hébreux.

II. — Grèce.

La religion et la mythologie.
Le siècle de périclès : lettres, arts, principaux monuments. — Commerce et colonies des Grecs dans le bassin de la Méditerranée.

III. — Rome.

La religion; l'armée.
Patriciens et Plébéiens.
L'ordre sénatorial et l'ordre équestre. — Lois agraires, lois frumentaires.
Organisation administrative de l'empire romain. — Extension du droit de cité aux provinces.

---

1. Il n'est pas interdit de choisir d'autres auteurs dans le genre de ceux qui sont indiqués au programme.

Les arts à Rome aux ı^{er} et ıı^e siècles. — Monuments. —
Le régime du travail industriel et agricole. — Les routes.
Constantinople.
Le Christianisme.
Les invasions barbares : leurs causes, leur caractère,
leur influence.

IV. — Moyen Age.

Suprématie militaire des Francs dans l'Occident. —
L'Église ; l'épiscopat ; les monastères.
L'empire franc, l'empire arabe, l'empire grec au
vııı^e siècle. — Renaissance des sciences et des arts à
Bagdad, au Caire, à Cordoue. — Le commerce des
Arabes.
Organisation du régime féodal. — Les ordres de che-
valerie.
Les croisades. — Leurs résultats économiques. —
Empire colonial de Venise : Marco Polo.
Progrès des populations urbaines et rurales. — Les
communes en France. — Les communes flamandes ; les
villes libres d'Allemagne. — La hanse teutonique.
La France sous saint Louis : institutions, écoles, arts,
industrie, commerce.
Les États généraux en France et le Parlement en An-
gleterre. — Philippe le Bel. — Charles V. — Les insti-
tutions de Charles VII. — Jacques Cœur.
La boussole, la poudre à canon, le papier, la gravure
en relief et en creux, la peinture à l'huile, l'imprimerie.

V. — Temps modernes jusqu'en 1610.

L'Europe après la chute de Constantinople. —
Louis XI en France, Ferdinand en Espagne, Henri VII
en Angleterre.
Voyages et colonies des Portugais aux Indes, des Espagnols en Amérique. — Les marins et marchands
français. — Résultats des découvertes : nouvelles routes
de commerce ; développement de la richesse mobilière.
La Renaissance en Italie aux xve et xvı^e siècles.
François Ier et Charles-Quint : l'équilibre européen.
La Renaissance en France : Collège de France, beaux-
arts.

La Réforme : ses origines. — Luther et Calvin. — Concile de Trente. — La Société de Jésus.

Les luttes religieuses en Europe. — Philippe II. — Elisabeth.

Henri IV. — L'Édit de Nantes. — Sully. — Olivier de Serres.

LÉGISLATION.

(Deux heures par semaine.)

Législation civile.

Introduction.

Définitions. — Le droit ; ses rapports avec la morale et l'économie politique ; divisions du droit.

Droit public.

Droit public français. — Principes généraux dans l'ordre civil, politique et religieux.

Les pouvoirs publics. — Notions sommaires sur les constitutions de la France depuis 1789.—Les lois constitutionnelles de 1875. — Le pouvoir législatif et le pouvoir exécutif ; leur séparation. — Organisation du pouvoir législatif et du pouvoir exécutif : la justice et l'administration. — Les rapports de l'administration avec les particuliers : l'État, le département et la commune.

Droit civil.

Les personnes. — L'état civil ; diverses situations des personnes ; la famille ; notions de la personnalité morale.

Les biens. — Différentes espèces de biens : meubles et immeubles ; notions générales sur les titres au porteur.

Les droits. — Différentes espèces de droits. Droits réels : la propriété ; l'usufruit ; l'usage et l'habitation ; les servitudes ; les privilèges et hypothèques ; leur acquisition et leur extinction. Droits de créance : notion de l'obligation ; droits du créancier ; sources des obligations ; définition et idée générale des principaux contrats ; extinction des obligations.

La succession. — Succession *ab intestat* et succession testamentaire.

La procédure civile. — Notions générales : sur la manière d'introduire une instance ; sur la marche d'une procédure ; sur la preuve ; sur le jugement.

Droit pénal.

Principes généraux. — La responsabilité ; les peines ; la procédure.

MATHÉMATIQUES.

(Cinq heures par semaine.)

Courbes usuelles.

Ellipse. — Tracé de la courbe. Propriété de la tangente ; mener une tangente par un point extérieur. Normale.

Parabole. — Tracé par points ou d'un mouvement continu. Le sommet est le milieu de la sous-tangente. La sous-normale est constante. Les carrés des cordes perpendiculaires à l'axe sont entre eux comme leurs distances au sommet.

Hélice. — Définition. L'inclinaison de la tangente sur les génératrices est constante. Projection d'une hélice sur un plan perpendiculaire à la base du cylindre. Tracé de la tangente en un point.

Trigonométrie.

Lignes trigonométriques. — Leurs variations dans les deux premiers quadrants. La recherche des lignes trigonométriques des angles obtus se ramène à celle des angles aigus.

Relations fondamentales entre les six lignes trigonométriques.

Disposition et usage des tables de sinus, cosinus et tangentes. *On ne donnera aucun détail sur la construction.* Utilité des tables de sécantes, cotangentes et cosécantes.

Disposition et usage des tables de logarithmes de lignes trigonométriques.

Résolution des triangles rectangles. — Les formules relatives aux triangles rectangles sont des conséquences immédiates des définitions des lignes trigonométriques.

Démonstration des formules qui donnent $\sin (a \pm b)$, $\cos (a \pm b)$, $\tan (a \pm b)$. (On supprime chacun des angles, ainsi que leur somme, plus petits que 2 droits).

Calcul de $\cos \frac{a}{2}$, $\sin \frac{a}{2}$, $\tan \frac{a}{2}$ en fonction de $\cos a$ (sans discussion).

Réduction d'une somme ou d'une différence de sinus ou de cosinus en un produit.

Théorèmes relatifs aux triangles obliquangles. — Relations qui existent entre les trois côtés et un angle d'un triangle : proportionnalité du sinus des angles aux côtés opposés à ces angles.

Résolution des triangles obliquangles dans les quatre cas principaux.

Application de la trigonométrie à diverses questions qui se présentent dans le levé des plans :

Déterminer : 1° la hauteur d'une tour dont le pied est accessible ; 2° celle d'une montagne ; 3° la distance d'un point accessible à un point inaccessible, mais visible ; 4° la distance de deux points inaccessibles, mais visibles.

Géométrie descriptive.

Revision du cours de troisième année.

Méthodes des changements de plan ; méthodes des rotations ; application aux angles et aux distances ; résolution de l'angle trièdre ; notions sur les plans cotés ; courbes horizontales ; lecture d'une carte topographique.

Ombres. Intersections de polyèdres.

Mécanique.

Statique. — Forces ; leur mesure. Éléments d'une force. Résultante de plusieurs forces.

Composition des forces agissant suivant la même droite.

3.

I. *Composition des forces parallèles.* — 1° Cas de deux forces parallèles et de même sens. Vérification expérimentale ; 2° cas de deux forces parallèles et de sens contraire ; 3° cas d'un nombre quelconque de forces.

II. *Composition des forces concourantes.* — 1° Cas de deux forces. Vérifier expérimentalement le théorème du parallélogramme des forces ; 2° cas de plusieurs forces concourantes. Polygone des forces.

Centres de gravité. — Centre des forces parallèles. Détermination expérimentale du centre de gravité d'un corps irrégulier. Centre de gravité d'un solide homogène ayant un centre de figure, un axe de symétrie, un plan diamétral. Centre de gravité du contour d'un triangle, d'un arc de cercle. Centre de gravité de la surface d'un triangle, d'un trapèze. Centre de gravité d'un prisme, d'une pyramide.

Machines simples. — 1° Levier. Charge du point d'appui. Balance. Poulie.

2° Treuil. Roue à chevilles. Roues dentées. Cric. Chèvre. Grue.

3° Plan incliné. Coin. Vis. Presse à vis. Vis sans fin.

Réduction d'un nombre quelconque de forces appliquées à un corps solide d'abord à trois forces, puis à deux.

Conditions d'équilibre d'un corps solide libre sollicité par un nombre quelconque de forces.

Cas particuliers où le corps est mobile autour d'un point fixe ou d'un axe fixe. Cas où le corps est assujetti à glisser sur un plan fixe. Application de ces principes théoriques aux machines déjà étudiées précédemment.

PHYSIQUE ET CHIMIE.

(Quatre heures par semaine.)

1° Physique.

(Deux heures par semaine.)

Notions de mécanique physique. — Mouvements. — Forces. — Travail.

Lois de la chute des corps. — Machine d'Atwood. — Pendule.

Hydrostatique.

Densité des solides et des liquides.

Loi de Mariotte. — Manomètres. — Lois du mélange des gaz. — Dissolution des gaz.

Machines pneumatiques et machines de compression.

Dilatation des solides, des liquides et des gaz.

Thermomètre à air.

Densité des gaz.

Sources de chaleur.

Calorimétrie.

Notions sur la théorie mécanique de la chaleur. — Machines thermiques.

Chaleur dégagée par les actions chimiques. — Notions de thermo-chimie.

Revision des principales questions d'acoustique.

Notions sur les phénomènes ondulatoires.

2° Chimie.

(Deux heures par semaine.)

Chimie organique.

Eléments des substances organiques. Principes immédiats.

Méthodes analytiques et méthodes synthétiques.

Classification d'après les fonctions chimiques.

Carbures d'hydrogène. Carbures gazeux. — Acétylène. Gaz oléfiant. Gaz des marais. — Chloroforme.

Carbures liquides et solides. — Pétrole. Benzine. Naphtaline. Anthracène. Essence de térébenthine.

Alcools. Alcool ordinaire et ses principaux éthers.

Glycérine. — Corps gras neutres.

Les glucoses. — Sucre de canne. Sucre de lait.

Dextrine. — Amidon et fécules. — Gommes. — Ligneux.

Phénol. — Alizarine.

Aldéhydes. Essence d'amandes amères. — Camphre.

Acides. Principaux acides volatils (formique, acétique).

Acides gras.

Acides fixes (oxalique, tartrique, citrique, lactique).

Alcalis. Alcalis artificiels : aniline.

Matières colorantes naturelles et artificielles.

Alcalis animaux.

Alcalis végétaux (nicotine, morphine, quinine, strych-
nine).

Amides. Notions générales. — Urée. — Acide urique.
— Indigo.

Albumine et congénères (caséine, fibrine, gluten). —
Gélatine.

3° **Manipulations de Chimie**[1].

(Dix manipulations sur les matières organiques.)

1. Acétylène (production par la combustion incom-
plète et par l'action de la chaleur rouge). Gaz oléfiant.
Liqueur des Hollandais.

2. Gaz des marais. Chloroforme.

3. Rectification de la benzine. Nitro-benzine. Sublimation de la naphtaline.

4. Rectification de l'alcool. Fermentation alcoolique.
Éther acétique.

5. Saponification de l'huile par l'oxyde de plomb.
Préparation de la glycérine. Savon de soude. Acide stéa-
rique.

6. Sucre de canne. Cristallisation dans l'alcool. Préparation du glucose avec l'amidon. Préparation de l'amidon et de la dextrine. Coton-poudre.

7. Sublimation du camphre. Préparation de l'essence
d'amandes amères.

8. Acide formique (préparation). Acide acétique cris-
tallisable. Acide oxalique. Acide tartrique. Sublimation
de l'acide benzoïque.

9. Préparation de l'aniline. Sa transformation en ro-
saniline. Cuve d'indigo.

10. Préparation de la morphine. Préparation de l'urée.

---

1. Les manipulations de chimie sont obligatoires. Chacune d'elles
dure environ quatre heures.

HISTOIRE NATURELLE.

(Deux heures par semaine.)

Anatomie et physiologie des animaux.

Digestion. — Aliments.

Régime alimentaire propre aux diverses espèces (animaux carnivores, insectivores, herbivores, frugivores, granivores, omnivores).

Appareil digestif. Dents; adaptation du système dentaire au régime alimentaire propre à l'espèce; bec des oiseaux.

Sécrétion salivaire. Estomac et suc gastrique. Foie et bile. Pancréas. Rôle des divers liquides digestifs.

Absorption. — Le chyle et les vaisseaux chylifères. Absorption lymphatique. Absorption par les veines. Diverses voies d'absorption.

Circulation du sang. — Le sang rouge des vertébrés. Idée de sa composition. Cœur. Artères, réseau capillaire, veines.

Respiration. — Phénomène de l'hématose. Respiration aérienne. Respiration aquatique. Poumons, trachées. Branchies. Respiration cutanée. Asphyxie. — Combustion respiratoire; chaleur animale.

Sécrétions. — L'appareil urinaire et l'urée. Sécrétions de la peau. Membranes muqueuses, séreuses. Idée des glandes et de leurs fonctions. Fonction glycogénique du foie. Production du lait.

Équilibre des fonctions de nutrition.

Engraissement des animaux (exemples empruntés aux animaux domestiques élevés en vue de l'alimentation de l'homme).

Innervation. L'axe cérébro-spinal chez les vertébrés. Les nerfs sensitifs et les nerfs moteurs; les nerfs mixtes. Système nerveux des insectes.

Fonctions générales des masses centrales du système nerveux. Fonctions générales des nerfs. Actions réflexes.

Organes des sens. — Toucher, ses organes spéciaux. Structure de la peau. Poils, plumes, ongles, sabots et cornes. Laine. Fourrures.

Odorat et goût.

Ouïe. Constitution générale de l'oreille chez l'homme et chez les mammifères. Idée du mécanisme de l'audition.

Organe de la voix. Idée de son mécanisme.

Vision. L'œil et ses annexes. Idée générale du mécanisme de la vision. Presbytie ; myopie. Vision binoculaire chez l'homme.

Locomotion. — Le squelette, les os, les muscles chez les vertébrés et chez les articulés.

Adaptation des formes générales du corps et des membres au genre de vie des diverses espèces.

L'espèce. Les races et les variétés. Hérédité des formes organiques et des instincts. Idée de la sélection naturelle. Sélection artificielle. Principes de l'élevage (application aux animaux de travail, aux animaux de boucherie, aux animaux de basse-cour).

DESSIN.

(Quatre heures en dehors des classes.)

N° 5. — Dessin à main levée.

§ 1er. Dessin d'après des fragments d'architecture. — Figures décoratives. — Cariatides. — Vases ornés de figures. — Frises ornées.

§ 2. Dessin d'animaux d'après les bas-reliefs et d'après la ronde bosse.

§ 3. Dessin de la figure humaine entière, d'après l'antique.

N° 5 *bis.* — Dessin géométrique.

§ 1er. Complément de la théorie des ombres et du lavis. — Surfaces annulaires. — Surfaces hélicoïdales.

§ 2. Notions de perspective linéaire.

§ 3. Dessin et lavis d'architecture. L'ordre corinthien. Ensemble et détails d'après des monuments de l'art grec ou de l'art romain.

§ 4. Dessin de machines et dessin de construction.— Relevé avec cote et représentation géométrale, à une échelle déterminée, d'organe ou de partie de machines, et d'éléments de construction.

EXAMEN DE PASSAGE.

L'examen de passage de la *quatrième* à la *cinquième* année des cours de l'Enseignement secondaire spécial porte sur les matières comprises dans le programme de la *quatrième année*.

COURS SUPÉRIEUR. — CINQUIÈME ANNÉE.

[5e année des Études. — 2e année du Cours supérieur].

(ÉLÈVES DE 15 A 16 ANS EN MOYENNE).

Répartition de l'Enseignement.

			Programmes.
Français	4 heures de classe par semaine.	Page 57
Morale	2	» »	58
Langues vivantes.	4	» »	60
Histoire et Géographie.	2	» »	60
Législation et Économie politique.	2	» »	61
Mathématiques.	5	» »	62
(plus une heure de conférence prise sur l'étude.)
Physique et Chimie	4	» »	65 et 66
Histoire naturelle	1	» »	68
Comptabilité.	1	» »	69

Total : 25 heures de classe.

En dehors des heures de classe : Dessin, 4 heures. 69

PROGRAMMES.

LANGUE FRANÇAISE ET LITTÉRATURE.

(Quatre heures par semaine.)

Lecture et commentaire de textes français (prose et vers).

Suite des notions d'étymologie.

Compositions sur des sujets littéraires, scientifiques et économiques.

Exposition de vive voix, après préparation, de questions empruntées aux cours de morale et d'économie politique.

3.

Histoire littéraire des XVIIe, XVIIIe et XIXe siècles[1].

Histoire sommaire des littératures étrangères[2].

Morceaux choisis de prosateurs et de poètes français ; du XIe siècle jusqu'à nos jours.

Descartes, *Discours de la Méthode* (1re et 2e parties).

Pascal, XIVe provinciale (sur l'homicide).

Bossuet, *Choix de Sermons*.

Fénelon, *Lettre à l'Académie*.

Montesquieu, *Causes de la Grandeur et de la Décadence des Romains*.

Corneille, *Cinna*, *Polyeucte*.

Racine, *Britannicus*.

Molière, *le Misanthrope*.

MORALE.

(Deux heures par semaine.)

**Principes généraux de la morale.
Théorie des méthodes scientifiques.**

I.

Notions sommaires sur les facultés de l'âme.

Retour sur les notions de responsabilité et d'obligation. Caractères de la loi morale.

La loi morale peut-elle être la recherche du plaisir en général ? (Discussion de la doctrine cyrénaïque et de la doctrine épicurienne.)

La loi morale doit-elle être cherchée dans le sentiment ? (Discussion de la doctrine d'Adam Smith.) Rôle du sentiment dans la morale.

---

1. On devra commencer le XVIIIe siècle dès le second semestre, pour avoir le temps de faire connaître avec quelque développement les principaux écrivains des XVIIIe et XIXe siècles.

2. Italie, Espagne, Angleterre, Allemagne. On n'insistera que sur les principaux écrivains.

L'intérêt bien entendu peut-il être la loi morale ?
(Discussion de la morale utilitaire.) Rapports véritables
de l'intérêt privé et de l'intérêt public avec le devoir.
Critique de la morale de J. Bentham.

Le devoir pur et le droit des personnes. La morale de
Kant.

Les sanctions de la morale. Rapports de la vertu et
du bonheur. Sanctions individuelles, sanctions sociales.

Sanction supérieure : la vie future et Dieu.

II.

Objet de la logique ; sa place dans le tableau général
des sciences.

De la méthode en général. Exposé de la méthode de
Descartes ; lecture et commentaire de la deuxième partie
du *Discours de la Méthode*.

Méthodes particulières des différentes sciences.

1° Méthode des sciences mathématiques. Les définitions, les axiomes et les postulats, le raisonnement dé-
ductif.

Le syllogisme et la démonstration.

2° Méthode des sciences physiques. L'observation.
L'expérimentation. L'induction ; ses règles selon Bacon
et Stuart-Mill.

Rôle de l'hypothèse et du raisonnement par analogie ;
part de l'imagination dans la recherche scientifique.

Part de la déduction dans la méthode des sciences expérimentales.

3° Méthode des sciences naturelles. La classification.

4° Méthode des sciences historiques. Le témoignage ;
critique des témoignages.

5° Méthode des sciences morales et politiques : induction et déduction.

De l'erreur, de ses causes et de ses remèdes. (Lire le
chapitre de Port-Royal sur les erreurs.)

Erreurs et préjugés populaires ; sophismes.

LANGUES VIVANTES.

(Quatre heures par semaine.)

Voir, Quatrième Année, page 45, le programme du troisième cours pour l'enseignement des Langues vivantes, et Première Année, page 9, le programme général de cet enseignement.

HISTOIRE ET GÉOGRAPHIE.

(Deux heures par semaine.)

Temps modernes et contemporains (1610-1875).

Gouvernement de la France au xvıı^e siècle : Richelieu, Mazarin, Louis XIV ; accroissement de l'autorité monarchique. — Les Conseils, les secrétaires d'Etat, les intendants. — Réformes et travaux de Colbert. — Réformes de Le Tellier et Louvois; Vauban. — Déclaration de 1682 ; révocation de l'édit de Nantes. — Détresse financière à la fin du règne de Louis XIV.

Lettres, arts et sciences sous Richelieu et Louis XIV.

Révolution de 1688 : déclaration des droits. — Le régime parlementaire en Angleterre.

Rivalité commerciale et coloniale de la France, de la Hollande et de l'Angleterre.

Gouvernement de Louis XV et de Louis XVI: la cour, le parlement, le clergé. — Réforme judiciaire du chancelier Maupeou. — Turgot et Necker.

Lettres, arts et sciences au xvııı^e siècle. Economistes et philosophes. — Influence des idées françaises et mouvement de réformes en Europe.

Les États-Unis d'Amérique.

Etat de la France avant la Révolution française : le gouvernement, l'administration, la société. — Les trois ordres. — Privilèges de la noblesse. — Les droits féodaux. — Corporations industrielles. Agriculture. Etat des terres.

Agrandissement territorial de la France et principaux changements dans la situation politique de l'Europe aux xvıı^e et xvııı^e siècles. — Etat comparé des puissances en 1648 et 1789.

La Révolution française. Histoire constitutionnelle et principales réformes jusqu'en l'an VIII.

Les institutions du Consulat et de l'Empire.

Les chartes de 1814 et de 1830. — Principales modifications dans le système électoral et représentatif depuis 1814. — Lois constitutionnelles de 1875.

Les arts et les lettres au XIXᵉ siècle. — Principales applications des découvertes scientifiques à l'industrie et au commerce. — Révolution économique : les traités de commerce. — Le canal de Suez.

Émancipation des colonies espagnoles d'Amérique. Le Brésil.

Développement des États-Unis. — Abolition de l'esclavage.

La Chine et l'extrême Orient.

Résumé succinct des changements territoriaux et politiques survenus en Europe depuis 1815.

LÉGISLATION ET ÉCONOMIE POLITIQUE.

(Deux heures par semaine.)

Législation commerciale.

Introduction. — Définition des actes de commerce et des commerçants. Droits et obligations du commerçant. Liberté et réglementation du commerce.

Intermédiaires. — Commissionnaires, agents de change, courtiers, préposés, etc.

Les contrats commerciaux. — Achats et ventes; commission; transport; gage; docks et magasins généraux; contrats et opérations qui se font à la Bourse; opérations de banque; compte courant; société : description des diverses formes de société commerciale.

Les effets de commerce. — La lettre de change; le billet à ordre; le chèque, etc.

Le commerce maritime. — Les navires; les contrats particuliers au commerce maritime.

Législation industrielle.

Liberté et réglementation du travail et de l'industrie.

La propriété littéraire, artistique, industrielle. Les mines, les travaux publics, les voies de communication.

Économie politique.

Définition, but et objet de l'économie politique. — Principales locutions en usage. — Divisions : production, répartition, circulation et consommation des richesses ; rapport de la production et de la consommation.

Production. — Sources de la production ; industries de production et classification des industries.

Répartition. — Le capital ; le travail ; rapports du capital et du travail. Le paupérisme et l'assistance.

Circulation. — Échange et monnaie. Le crédit. L'association en vue du crédit. Le commerce international.

Consommation. — La consommation productive et la consommation improductive. Le luxe.

Économie et législation financières.

Théorie économique de l'impôt. Législation en matière d'impôts. Emprunts publics.

MATHÉMATIQUES.

(Six heures par semaine, dont une prise sur l'étude.)

Arithmétique.

Compléments, et théories laissées de côté dans les cours de première et de deuxième année [1].

1. Voir, pages 13 et 23, les Cours de ces deux années.

Géométrie.

Compléments, et, en particulier, théorèmes sur les volumes tournants qui conduisent au volume de la sphère.

Géométrie descriptive.

Revision du cours des années précédentes[1].

Sphère : plan tangent en un point donné ; plan tangent mené par une droite. Section de la sphère par un plan. Cône circonscrit. Cylindre circonscrit.

Plans tangents au cylindre et au cône. — Sections planes du cylindre et du cône.

Mécanique.

Cinématique. — Mouvement uniforme. Mouvement varié. Représentation graphique de la loi d'un mouvement. Vitesse à un instant quelconque.

Mouvement uniformément varié ; loi des espaces. Application à la pesanteur ; vitesse acquise par un corps tombant dans le vide d'une hauteur donnée. Mouvement d'un corps lancé verticalement avec une vitesse initiale.

Mouvement de rotation uniforme, varié ; vitesse angulaire.

Composition de deux mouvements simultanés rectilignes et uniformes, de deux mouvements rectilignes, l'un uniforme, l'autre uniformément varié. Mouvement des projectiles dans le vide.

Dynamique. — Mouvement imprimé à un point matériel par une force constante de grandeur et de direction. Proportionnalité des forces constantes aux accélérations. Masse d'un corps ; sa mesure au moyen du poids. Calculer la force qu'il faut appliquer à un corps pendant un temps donné pour lui faire acquérir une vitesse donnée.

Travail mécanique. Unités de travail. Travail d'une force constante quand son point d'application se déplace dans la direction même de la force, ou bien sur une circonférence à laquelle la force est tangente. Travail

1. Voir pages 38 et 50.

d'une force lorsque le point d'application ne se déplace pas dans sa direction. Travail d'une force variable. Le travail de la résultante est égal à la somme des travaux des composantes.

Machines à l'état de mouvement uniforme. Forces motrices, forces résistantes. Égalité du travail moteur et du travail résistant ; en déduire les conditions d'équilibre des machines usuelles.

Notions sur les résistances passives. Frottement. Travail des résistances passives ; rendement d'une machine. Ce qu'on gagne en force, on le perd en vitesse. Le problème du mouvement perpétuel est impossible.

Principe des forces vives pour un point matériel libre animé d'un mouvement rectiligne. Application à la chute des corps.

Énoncé du théorème général des forces vives. Emploi des volants pour régulariser le mouvement des machines. Emploi des freins pour modérer la vitesse ou arrêter la machine.

Notions générales sur la transformation du mouvement. Engrenages ; parallélogramme de Watt ; losange de Peaucellier ; bielle et manivelle.

Cosmographie.

Premières apparences que présente l'aspect du ciel. Mouvement diurne. Ascension droite et déclinaison d'une étoile. Description du ciel. Constellations et principales étoiles.

De la terre. — Longitudes et latitudes géographiques. Aplatissement de la terre.

Notions sur les cartes géographiques. Notions sommaires sur la carte de France.

Du soleil. — Mouvement annuel apparent. Diamètre apparent du soleil. Mouvement elliptique. Principe des aires.

Notions sur la mesure du temps. Année tropique. Calendrier.

Distance du soleil à la terre. Rapport du volume du soleil à celui de la terre.

Taches du soleil. Rotation du soleil sur lui-même.

Inégalité des jours et des nuits. Saisons.

Idée de la précession des équinoxes.
Mouvements réels de la terre.

De la lune. — Phases. Révolution sidérale et synodique. Orbite décrite par la lune autour de la terre.

Distance de la lune à la terre. Rapport du volume de la lune à celui de la terre.

Taches. Rotation. Aperçu sur la constitution physique de la lune.

Éclipses de lune et de soleil.

Des planètes. — Lois de Képler. Énoncé du principe de la gravitation universelle. Notions sur les planètes principales.

Notions sur les comètes. — Comètes périodiques les plus célèbres. Étoiles filantes.

Notions d'astronomie sidérale. Distance des étoiles à la terre. Étoiles doubles. Étoiles changeantes et colorées. Nébuleuses. Voie lactée.

Notions sur le phénomène des marées.

Exercices graphiques. — Épures représentant le réseau des parallèles et des méridiens, dans le système des projections les plus usitées, notamment les projections orthographiques sur l'équateur, sur un méridien. Projections stéréographiques.

Tracé des cadrans solaires. Cadran horizontal. Vertical E.-O. Cadran vertical déclinant.

PHYSIQUE ET CHIMIE.

(Quatre heures par semaine.)

1° Physique.

(Deux heures par semaine.)

Revues des phénomènes généraux de l'électricité statique et du magnétisme.

Notions élémentaires sur la capacité électrique et sur le potentiel. — Électromètre de Thomson.

Effets généraux du courant électrique. — Résistance des conducteurs. — Forces électro-motrices.

Unités électro-magnétiques.

Induction. — Bobine de Ruhmkorff.

Machines magnéto-électriques et dynamo-électriques. — Types à courants successifs. — Type Gramme à courant continu. — Applications.

Téléphone. — Microphone.

Revision des phénomènes généraux de l'optique.

Réflexion de la lumière. — Miroirs courbes.

Réfraction. — Théorie élémentaire des lentilles.

Décomposition de la lumière : spectres des diverses sources lumineuses. — Raies des spectres. — Analyse spectrale.

Radiations calorifiques, lumineuses et chimiques.

Photographie.

2° Chimie.

(Deux heures par semaine.)

Chimie générale.

Revision des phénomènes généraux de la chimie. — Combinaison chimique. — Décomposition, dissociation. — Lois de Berthollet.

Lois des poids : conservation de la nature et du poids des éléments. — Nombres proportionnels. — Equivalents.

Lois des volumes gazeux. — Chaleurs spécifiques. — Isomorphisme. — Poids atomiques.

Influence de la chaleur, de l'électricité, de la lumière.

Relations entre les phénomènes chimiques et les phénomènes mécaniques. — Mesure des travaux chimiques. — Principes thermo-chimiques.

Chimie appliquée.

(Le professeur développera de préférence l'étude des industries locales.)

Soufre. — Acide sulfurique.

Sel marin. — Soude artificielle. — Acide chlorhydrique.

Chlorures décolorants. — Chlorate de potasse. — Blanchiment.

Potasses.
Acide azotique. — Ammoniaque.
Phosphore. — Allumettes.
Eaux gazeuses. — Sulfure de carbone.
Gaz de l'éclairage. — Produits dérivés du goudron de houille.
Sucres. — Fécules et amidons. — Dextrine et glucose.
Alcool. — Vins. — Bières. — Vinaigre. — Acide acétique.
Corps gras. — Savons. — Bougies.
Papier.
Couleurs minérales, végétales et animales. — Substances tinctoriales.
Notions sur la teinture et l'impression.

Analyse chimique.

(Ces leçons doivent être essentiellement pratiques.)

Le programme du cours, qui est en même temps le programme des manipulations, pourra varier suivant les besoins des industries locales.

Réactifs.
Recherche de la base d'un sel soluble. Recherche de l'acide.
Même recherche sur les sels insolubles les plus importants.
Déterminer la nature d'un métal ou d'un métalloïde non gazeux.
Essais au chalumeau (perles, réductions sur le charbon).
Déterminer quelques combinaisons métalliques simples avec le chalumeau.
Mélange de deux ou plusieurs sels. Déterminer l'acide et la base.
Spectroscopie.
Notions sur la chimie analytique quantitative.
Méthodes volumétriques par les liqueurs titrées.
Essais du fer. — Essais du manganèse.
Essais chlorométriques. — Essais alcalimétriques.
Analyse élémentaire d'une substance organique. — Dosage de l'azote sous forme d'ammoniaque.

Essais des combustibles.

Saccharimétrie optique et chimique.

Analyse d'une terre, d'un engrais.

Essai des principaux produits exploités ou fabriqués dans la région.

3° Analyses chimiques.

Analyses chimiques (d'après le programme précédent).

HISTOIRE NATURELLE.

(Une heure par semaine.)

Anatomie et physiologie des végétaux.

Axe de la plante chez les végétaux phanérogames. Racine et radicelles. Absorption par les racines. Racines adventives.

Tige aérienne ou souterraine (tronc des arbres dicotylédones; stipe des palmiers; chaume des graminées).

Feuilles, leur structure. Chlorophylle, son rôle. Respiration des végétaux.

Multiplication des plantes au moyen des organes de la végétation. Boutures et marcottes. Bulbes. Stolons. — Principaux modes de la greffe.

Circulation de la sève. Latex.

Rapport de la plante avec le sol et avec l'atmosphère. Amendements; engrais.

Composition élémentaire des tissus de la plante; origine de ses éléments.

Principes immédiats élaborés dans les tissus des plantes. Sucre, fécule, corps gras. Principes azotés.

Organisation générale de la fleur. Pollen. Ovule. Fécondation.

Le fruit; développement et maturation.

Organisation de la graine. Description du grain des céréales. Multiplication des plantes au moyen des graines.

Germination. Phénomènes chimiques et organiques. Feuilles cotylédonaires.

Applications. — Végétaux alimentaires pour l'homme, leur culture.

Prairies naturelles et prairies artificielles.

Idée sommaire de la culture forestière. Principaux bois.

Matières textiles d'origine végétale.

COMPTABILITÉ.

(Une heure par semaine.)

Revision.

Comptes courants : méthode des soldes, méthode des nombres rouges, méthode rétrograde. Exemples et applications.

Comptabilité spéciale des assurances contre l'incendie, sur la vie, sur les risques maritimes.

Comptabilité spéciale des sociétés.

Change proprement dit. Cours des changes. Rapports monétaires internationaux.

Rapport de créancier à débiteur : entre deux places, par une place intermédiaire. Relations entre trois places.

Cote de changes, cote de Paris. Cotes des changes à l'étranger.

Examen, lecture et interprétation des cotes de Bourse.

Grandes opérations commerciales et financières. (Exemples des emprunts de 1871 et 1872.)

DESSIN.

(Quatre heures en dehors des classes.)

N° 6. — Dessin à main levée.

§ 1er. Mêmes exercices qu'en quatrième année (page 55).
§ 2. Exercices de composition. Modelage.

N° 6 *bis*. — Dessin géométrique.

Mêmes exercices qu'en quatrième année (page 55).

N° 7. — Leçons sur l'histoire de l'art. (15 *leçons environ.*)

Des notions générales, embrassant l'histoire entière de l'art, seront données aux élèves de quatrième et de cinquième année. Des photographies et des gravures, faites d'après les monuments, les tableaux, les statues et les principales œuvres d'art de tous les âges (avec légendes historiques) seront placées sous leurs yeux.

BACCALAURÉAT DE L'ENSEIGNEMENT SECONDAIRE SPÉCIAL.

A la fin de la *cinquième année* des cours de l'Enseignement secondaire spécial, les élèves, âgés de seize ans accomplis, peuvent se présenter au Baccalauréat de l'enseignement secondaire spécial[1].

1. Voir, pour les conditions et matières de cet examen, le décret et l'arrêté du 28 juillet 1882, dans les *Documents officiels.* pages XXVII et XXX.

FIN

TABLE

DES MATIÈRES

DU PLAN D'ÉTUDES

DE L'ENSEIGNEMENT SECONDAIRE SPÉCIAL.

COURS OU ANNÉE PRÉPARATOIRE.

COURS MOYEN.

Première Année.

Deuxième Année.

Troisième Année.

COURS SUPÉRIEUR.

Quatrième Année.

Cinquième Année.

Paris. — Imprimerie DELALAIN Frères, 1 et 3, rue de la Sorbonne.

PARIS. — DELALAIN FRÈRES, IMPRIMEURS DE L'UNIVERSITÉ

1 ET 3, RUE DE LA SORBONNE.